SYGNE

LA VOIX D'HOMME

Collection dirigée par Thierry Laroche

CLÉMENT
ROSSI

LA VOIX D'HOMME

ROMAN

SYGNE GALLIMARD

« À défaut d'une conscience nette des choses, les enfants ressentaient à pleine peau la tension magistrale de ces fauves qui nous entouraient. »

Louis Calaferte,
Requiem des innocents

Adolescent, je n'avais aucune intimité. Je partageais la chambre avec ma sœur, il suffisait que j'étende le bras hors de mon lit pour toucher le sien. Elle rentrait de l'école à la même heure que moi du collège, et le temps que je lui coince la tête sous mon aisselle pour lui siphonner le crâne et que je m'enferme dans la chambre, elle était déjà allée pleurnicher auprès de ma mère qui me délogeait à coups de balai, comme si j'étais une chauve-souris entrée par erreur. Le salon était occupé par le mutisme de mon père et les beuglements de la télé, le tout enveloppé dans une fumée de Gitanes suspendue. Il y aurait bien eu la salle de bains, mais on n'y était pas beaucoup plus tranquille que dans un hall de gare.

Il fallait donc sortir de la maison par l'escalier extérieur, saluer éventuellement les voisins du rez-de-chaussée, traverser la place en évitant d'être vu, longer les pavillons jusqu'au chemin bitumé qui s'enfonçait dans le Bois-Charmant, bifurquer avant d'arriver au poney club et monter jusqu'à cette petite clairière où je n'avais jamais vu passer personne. Là, seulement, je pouvais m'installer confortablement, baisser mon pantalon et fermer les yeux.

« Clairière » est sûrement une façon un peu ronflante d'appeler cette trouée herbeuse qui n'aurait pas pu accueillir plus de deux personnes. Seule la densité des arbres autour, serrés comme des brins d'herbe, faisait remarquer cette parcelle de vide. Un étrange agencement des formes offrait à l'endroit une particularité notable : une longue pierre plate à moitié enfoncée dans le sol composait un angle droit avec le tronc d'un résineux, et s'incurvait en formant une assise naturelle absolument parfaite pour qui aurait voulu se loger là et s'adosser.

C'est dans cette position, sous le bruissement des feuilles, que j'ai débusqué mes premiers plaisirs. Au-dessus de ma tête, la voûte des arbres reflétait des visions chaudes et humides, façonnées par une imagination encore pucelle qui parvenait pourtant à faire courir autour de mon pelvis des arcs électriques de grande intensité. Je m'aidais souvent d'un *Playboy* ou d'un *FHM* que j'amenais jusque-là avec des précautions de contrebandier, transportant l'objet étroitement roulé, coincé dans l'élastique de mon slip. La succession des pages déclinait des variations infinies d'anatomies nues et lisses, offertes dans des jardins ou des chambres luxueuses. L'objectif du photographe aimantait le regard des filles qui me dévisageaient depuis un pays lointain. Mon imagination les gonflait comme des poupées et leur donnait une âme. Leurs visages, lavés de toute autre expression que celle d'une convoitise gourmande, étaient aussi anonymes que des tombes ordinaires, et il fallait aller chercher pour se faire une idée de leurs caractères des détails exaspérants d'insignifiance : le plié d'un poignet ou d'un genou qui trahissait un brin de lassitude, des épaules rentrées qui disaient une introversion, le dessin d'une mâchoire. Là, seulement, je pouvais les voir s'extraire du papier et s'étirer sous les feuillages. J'attribuais une petite histoire à chacune et je tâchais d'en tomber amoureux.

I

La première palpitation érotique est venue me prendre dans mon sommeil, en laissant au centre du drap la trace de son passage. Au réveil, je me suis empressé d'aller faire disparaître les preuves à l'aide d'un lavage à quatre-vingt-dix degrés. La maison était encore endormie. Des pointillés lumineux quadrillaient les murs à travers les volets, et le chat qui se frottait contre mes jambes n'avait aucune idée de ma métamorphose. J'étais âgé de douze ans, pas assez naïf pour croire que j'étais devenu un homme, pas assez idiot pour imaginer que j'étais encore un enfant.

Ce jour-là, j'ai eu l'impression d'avoir commis un crime. Je m'imaginais que quelque chose devait me trahir dans mon expression, un pli autour de la bouche ou des yeux, et je m'excitais tout seul à essayer de le cacher. Je surjouais le naturel en soupirant, en fredonnant.

— T'es bizarre aujourd'hui, m'a dit ma mère en dépiautant le poulet du dimanche.

— Pas plus que d'habitude, a tranché mon père.

Trois ans plus tard, il essaierait d'avoir avec moi la conversation désagréable à laquelle les parents ne peuvent pas couper quand leurs enfants grandissent. Pour le moment, j'étais tranquille, caché sous mes traits encore poupins – les dents du bonheur, un front bombé comme un œuf, de bonnes grosses joues – alors que je venais de mettre le pied sur un sol inconnu.

Ma famille vivait place Bertin, un losange pavillonnaire en périphérie d'une petite ville des Yvelines. Une trentaine de maisons adossées à des jardins en longueur, regroupées le long d'une rue coudée qui bordait quelques étendues herbeuses séparées par des allées de dalles blanches. Un paysage parfaitement tranquille, une moucheture dorée sur la grande couronne de Paris. Les riverains se prenaient pour les habitants d'une jolie peinture et défendaient à coups de réunions associatives leur oasis derrière laquelle commençaient à se construire des tours HLM, c'est-à-dire, comme on se le chuchotait sur les pas de porte, des foyers de délinquance et des nids à emmerdes. Les immigrés d'ici étaient bien blancs, bien européens. Mon père, par exemple, avait complètement perdu son accent et traitait la langue polonaise comme ses gaz : jamais en public.

Évidemment, habiter la jolie peinture avait un coût et d'anciens bailleurs avaient eu l'idée de vendre certaines maisons à la découpe. Mes parents étaient donc propriétaires d'un bel étage au-dessus d'un rez-de-chaussée occupé par la famille Giacomazzi, nos concurrents directs sur l'échelle de l'ascension bourgeoise. Le sourire de ma mère à Mme Giacomazzi, lancé depuis l'escalier extérieur à travers la baie vitrée de leur salon, était en vérité un faisceau de rayons X qui évaluait en une seconde le niveau de respectabilité de nos voisins. Les informations récoltées étaient ensuite restituées dans la cuisine par sa voix persifleuse en rangeant les courses : état et qualité des vêtements portés par la girafe (Mme Giacomazzi était grande), décoration du salon, degré de propreté des meubles.

— Ils ont encore leur vieille télé ? demandait mon père.

— Oui, et elle a encore les mêmes vieux jeans, certains sont déchirés mais elle croit que ça l'aide à faire jeune, à son âge c'est n'importe quoi, imagine que je m'habille comme ça, moi, et que je me maquille comme ces gamines qui ressemblent à des vampires, avec des espèces de nuages noirs autour des yeux, alors tu vas me dire que j'ai une permanente et qu'en plus ce n'est plus tout à fait la mode, oui, c'est vrai, mais on ne peut pas nier que ça affine mon visage, tu ne trouves pas que ça affine mon visage ?

— Je pense qu'on devrait acheter une nouvelle télé.

Le désir de nouvelle télé de mon père était plus urgent que celui d'offrir une chambre individuelle à ses enfants. Il ne voyait pas le problème dans le fait que se chevauchaient dans la nôtre les posters du Club Dorothée et de Tarzan ou, chaque fois qu'il entrait, d'écraser sous son talon un ensemble indifférencié de petites voitures et d'accessoires de dînette. Lui était issu d'une fratrie de six, et nous bassinait sur son enfance grégaire et frigorifiée au fin fond de la Pologne. Nous étions des ingrats inconscients de leur chance, le problème était réglé.

Ma mère, secrétaire à mi-temps dans un cabinet thérapeutique, mon père, maintenant chauffeur de bus après avoir exercé tous les petits boulots du monde ; au moins, courir derrière la bourgeoisie nous ferait de l'exercice. Ma mère rêvait de revendre notre étage pour acheter une des grandes maisons du bas de la rue, dotées de vérandas qu'elle appelait *patios* et dans lesquelles elle ne ratait jamais une occasion de rentrer, tout sourire, pour tailler une bavette avec l'occupant. Elle régurgitait du langage en continu, persuadée que garder le moindre mot pour elle risquait de la faire grossir. Mon père suivait le chemin inverse, subissant l'ambition maternelle en silence, usant de sa bouche comme d'une valve empêchant de sortir la moindre parole signifiante. Tout ce qu'il savait dire, c'est qu'il était fier d'en être arrivé là. Après avoir fait le plombier polonais (et aussi le carreleur, le couvreur, le maçon polonais) pendant des années, travailler à la RATP était une victoire. Assis au chaud dans son embonpoint d'homme mûr, il quadrillait la banlieue ouest avec une assurance de vieux gnou. Je partageais avec lui un petit nez en forme de fraise, une myopie prononcée qui nous faisait de gros yeux derrière nos lunettes, et rien d'autre. Il tenait de temps en temps à rappeler son rôle de père en ramenant une poupée à ma sœur ou en embarquant tout le monde au Bois-Charmant le samedi après-midi, jusqu'à l'étang et son eau verte où on pouvait se baigner à condition de se rincer ensuite au robinet des sanitaires. Aux beaux jours, le risque d'attraper un staphylocoque doré n'effrayait plus personne, et l'étang se retrouvait facilement peuplé d'une bonne vingtaine de gosses qui braillaient et scintillaient dans une aura d'écume limoneuse. Ma mère, qui tenait à ce que je sois normal, me poussait vers l'eau du bout du pied.

— C'est pas possible de fuir le soleil comme ça, regarde je te mets de la crème, là t'as rien à craindre, à part peut-être de rendre tout le monde aveugle à force de rester blanc comme une aile de poulet, tiens regarde ta sœur, regarde-la comme elle s'amuse, hein Janek, c'est pas vrai qu'il va rendre tout le monde aveugle s'il bronze pas un peu ?

— Laisse-le tranquille, ce petit.

— Je passe mon temps à le laisser tranquille, il est tellement tranquille que je ne suis même pas sûre de connaître encore le son de sa voix, et puis il va toujours se cacher et quand on le voit on dirait qu'il bouge le moins possible, un de ces jours il arrêtera de respirer et on s'en rendra pas compte avant plusieurs jours.

Je finissais par glisser dans l'eau à contrecœur, loin de ma sœur et de sa bande de copines. J'aimais bien me réfugier dans les roseaux tamisant le rivage. Des familles de canards m'acceptaient auprès d'elles sans un cancanement, ce qui venait raffermir mon soupçon d'avoir été catapulté dans l'espèce humaine par erreur. Là, le visage à moitié immergé comme Martin Sheen dans *Apocalypse Now*, je guettais l'insouciance des autres gamins en supposant qu'elle devait avoir le goût sucré et un peu écœurant du réglisse.

Un de ces jours de tripartition – mes parents sur la rive, ma sœur et sa bande occupées à s'étouffer de rire devant les bulles venues de leurs flatulences sous-marines, moi planqué entre les tiges verdâtres –, mon père eut un tressaillement violent et se jeta comme un phoque dans la vase. Il raconterait plus tard avoir vu ma main désespérée à la surface de l'eau, prolongée d'une masse trouble et de quelques bulles suspectes, et avoir su tout de suite que ma vie était en jeu. Pourtant, il ne tira de l'étang qu'un vieux gant pâli accroché à un vélo sans roues, les bulles étant l'œuvre d'une des copines de ma sœur partie en expédition solitaire. Sauver de la noyade un fils confondu avec deux objets inanimés et un peu de méthane : ce fut là le plus grand geste d'amour qu'il eut jamais envers moi.

Ma mère n'était pas plus chaleureuse. Souvent, elle me regardait avec une espèce d'incompréhension dans les yeux. Un regard incertain s'efforçant de clarifier une zone de flou.

Mon éducation était réduite au minimum. Je n'avais pas d'interdit à braver. On n'édifiait pour moi aucun principe inébranlable du type « mon fils, ce qui compte c'est l'ambition » ou « mon fils, ce qui compte c'est d'être heureux ». Ma mère signait mon bulletin de notes sans trop s'attarder, et révérait tellement la normalité qu'elle allait jusqu'à trouver suspectes certaines notes un peu trop hautes. Sous-texte déduit par moi-même : « mon fils, ce qui compte c'est de rester dans le rang ». On me laissait vaquer autour de la maison, et quand je rentrais on ne me demandait rien. J'étais un garçon ; on partait du principe que je savais me débrouiller.

Donc, les choses se passaient dehors.

Au centre de la place se trouvait une butte plantée d'un arbre tordu qui constituait le lieu de réunion des enfants du quartier. Ici se tenaient des conciliabules d'une extrême gravité. La domination s'exerçait selon l'ancienneté, les grands chassant les moyens qui chassaient les petits.

Ce petit royaume avait pour suzerain Giacomazzi fils, Louis-Baptiste de son prénom, L.B. – ou même *Elby*, à l'américaine – pour ses vassaux. Ceux-là se foutaient de tout sauf de ricaner de tout et faisaient donc preuve d'une compétence impressionnante en matière de ricanement. Il s'agissait de savoir ricaner à différentes intensités selon le degré de ridicule du sujet moqué, ce qui était évalué par le chef d'orchestre Giacomazzi, une tige brune à épaules pointues et gueule d'ange qui n'avait pas les manières de son titre ni de son nom, crachant comme un lama, sifflant les filles et s'auscultant les parties avec ostentation à travers son 501. Pourtant, il passait pour quelqu'un de particulièrement malin. Au lycée, ses notes balançaient entre les deux extrêmes, ce qui faisait dire à sa mère avec une fierté de gorge : il est trop intelligent, il ne rentre pas dans les cases.

Le domaine d'Elby était dédié à la recherche infatigable de la coolitude. Tous les garçons de la place jouaient à lui ressembler, ce qui était à peu près impossible vu la vitesse à laquelle changeait son style – valse des vestes en cuir ou en jean, des bottines ou des baskets blanches, des casquettes. J'étais l'imitateur en chef : je voulais à tout prix porter ce qu'il portait, boire ce qu'il buvait, cracher quand il crachait. Bien trop timide pour siffler les filles, je compensais en tannant ma mère pour qu'elle m'achète un jean 501, une casquette de base-ball, des baskets blanches. Doléances auxquelles elle accédait environ une fois sur dix, faisant de moi le sosie d'environ un dixième de mon modèle.

Quand les Giacomazzi nous invitaient à prendre l'apéritif chez eux, Elby posait dans un fauteuil, immobile et hiératique, drapé dans un réseau de plis violets et de matières réfléchissantes. Ses yeux ne cillaient pas, ses pommettes de porcelaine attrapaient la lumière de la baie vitrée. Personne ne lui demandait rien. Les adultes étaient d'un côté de la table basse, s'occupant d'éventrer des pistaches, les enfants de l'autre, assis sur des poufs et des coussins marocains. Lui se maintenait à équidistance des deux pôles avec un Fanta à la main, représentant d'une lignée royale. De notre côté, Emmanuelle démembrait ses Barbie en gazouillant, et moi je remuais intérieurement les mots que j'aurais pu adresser à Annabelle.

Annabelle, confirmation qu'une étoffe céleste s'était accrochée au nom de Giacomazzi. Le plus bizarre, c'est que ni le père ni la mère n'étaient particulièrement beaux. Je m'imaginais qu'ils devaient avoir honte, qu'ils se tassaient loin de leurs enfants pour ne pas se confronter à leur beauté. Annabelle n'avait conscience de rien de ce genre. Elle mâchonnait des noix de cajou et suçotait ses doigts tachés d'encre, assise en tailleur, les genoux turbulents et les manches traînant dans la poussière du tapis.

Annabelle était une de ces filles qu'on dit masculines. Trois années de plus que moi, une de plus que son frère, un sourire juché à un mètre quatre-vingts d'altitude et un corps indéniablement doté de tous les attributs d'une femme. Pourtant, elle portait des sweats amples et des jeans d'homme, laissait pendre devant ses yeux des mèches de cheveux pas toujours propres. Une collection de gestes enfantins finissait d'embrouiller les choses : elle faisait des scoubidous, des rosaces en papier, traçait des fleurs au feutre sur ses avant-bras. Sa puberté plus qu'avancée ne l'empêchait pas de jouer à la marelle avec ma sœur ou de marcher comme une funambule au bord des trottoirs, cernée par des crocodiles et des coulées de lave. On ne la voyait jamais traîner du côté de l'arbre tordu. Elle se baladait toujours seule, d'un pas légèrement rebondissant, faisait partie d'un club de théâtre et pouvait se targuer d'être la meilleure cavalière du poney club. Personne n'osait vraiment lui parler, à la fois parce qu'elle était bien trop belle, bien trop grande, et parce que son air flottant persuadait les gens qu'elle devait être un peu cinglée.

« Syndrome de Peter Pan », disait ma mère d'un air important qui signifiait qu'elle rapportait l'expression du cabinet. « Angoisse des responsabilités, refus de grandir. Il y a quelque chose qui doit lui faire très peur dans le fait d'être adulte. »

Je savais bien, moi, qu'elle n'avait rien de cinglé. Son regard avait une direction, sa bouche articulait des mots, ses phrases étaient dotées de sujets, de verbes et de compléments. Pendant les apéros parentaux, elle me parlait à voix basse de ses prochaines courses, me listait des noms de figure, des races de chevaux. Souvent, je la croisais dans le bois. Elle me souriait du haut de Lavande ou Phoebus ou Rainbow ou Laska, puis guidait ma main le long de la robe de l'animal, croyant m'apprendre à distinguer une floconnée d'une aubère alors que je m'appliquais davantage à scruter les deux points de rousseur au sommet de son nez. Son père l'emmenait tous les week-ends à de nouvelles compétitions et lui avait promis de lui offrir un cheval le jour où elle saurait quoi faire dans la vie.

Quand j'osais lui parler, elle regardait ma bouche tressauter avec une curiosité tranquille.

— Qu'est-ce que tu as là-dedans ? Des rochers, des morceaux de verre ? Des planches clouées ?

— Des r-r-récifs, répondais-je pour montrer l'étendue de mon vocabulaire.

— Sacré défaut de fabrication.

Dans la forêt, elle prenait parfois le temps de s'asseoir avec moi, sur un tapis d'aiguilles et de branches cassées. C'est là qu'elle m'apprit le jeu des mots. Je devais les lui jeter comme des balles de tennis.

— Abeille.

— Des rochers dans le désert.

— Olympique.

— Une colonne de bulles d'air qui remontent à la surface de l'eau.

— Éloigner.

— Une grosse tranche de viande grise, avec des veines de gras. À toi maintenant.

Je me concentrais, affolé d'avance à l'idée de répondre à côté. Pourtant, à ce jeu, on ne pouvait pas répondre à côté. Chacun avait sa propre image pour chaque mot.

— S'affairer.

— D-d-des r-r-rrrrails q-q-q-qui d-d-descendent une c-c-c, une c-c-c-c (aucune impatience dans son regard doux), une colline.

— Cumulonimbus.

— P-plein de n-nains dans un chhhh, dans un ch-chariot à roulettes.

Elle éclatait de son grand rire, qui partait de très haut et finissait très bas. Je riais avec elle sans trop savoir pourquoi, et une fois qu'elle était partie je continuais à jouer tout seul au jeu des mots. Intérieurement, j'écoutais leur son, examinais leur texture et en tirais une image. C'était une forme d'œnologie de la langue : chaque mot était un vin qu'il s'agissait de faire tourner dans le verre, puis sous le palais, pour en révéler les arômes cachés.

Amour : un rai de lumière perçant la pénombre et tombant sur un coussin bordeaux.

Annabelle était ma promise, voilà au moins quelque chose dont j'étais sûr. Un de ces jours, nous irions nous marier dans un château à Louveciennes, ce n'était au fond qu'une question de temps et de disponibilité des locaux. La cérémonie se déroulait en images astrales au milieu du salon des Giacomazzi. Dans ma tête flottaient des phrases d'amorce dont je sentais déjà les arêtes dans ma gorge. Parfois, j'en tentais une sans réfléchir ; une voyelle frêle décollait de ma bouche et venait flotter jusqu'aux oreilles de ma fiancée, un [a] ou un [o] qui s'étirait en tremblant. Elle se tournait vers moi ; j'abandonnais immédiatement, paralysé par son regard fluide, et ma pauvre voyelle éclatait comme une bulle de savon.

Mon seul ami s'appelait Innocent. Il était aussi silencieux que moi, ce qui constituait notre unique point commun. Ses origines burundaises me sont demeurées secrètes pendant des années, de la même façon que je n'ai remarqué la couleur de sa peau que lors de ma première visite chez lui, dans un de ces HLM mal-aimés, quand les sourires de sa famille ont brillé devant moi comme des croissants de lune dans la nuit. Tous s'adressaient à moi dans un dialecte auquel je ne comprenais rien ; seule me parvenait leur volonté d'être aimables. Je me sentais toujours invité à quelque chose, et j'aimais bien.

Innocent tirait de son expérience de la vie des enseignements précieux qu'il m'offrait pendant que nous étions occupés, dans le gravier du square, à trier nos billes. Étaient soulevées les questions philosophiques les plus épineuses : l'amitié, les filles, le bonheur. À propos du bonheur, il disait :

— Mon père il dit que pour être heureux, faut pas trop réfléchir.

Je sentais bien que je réfléchissais trop.

— C-comment on fait p-pour p-pas réfléchir ?

— Par exemple on peut faire comme ça.

Il se mettait à fixer un point dans le vide, laissait tomber mâchoire et paupières pour se faire une tête d'imbécile heureux. Il allait jusqu'à se baver sur le menton et j'éclatais de rire.

Contrairement à moi, Innocent n'était pas emmitouflé dans l'angoisse : il baissait les jupes des filles, fumait des cigarettes mentholées et gagnait des parties de chamboule-tout à la foire. Il n'avait pas peur des autres.

Moi j'étais bègue, c'est-à-dire que ma seule option pour ne pas sombrer dans le ridicule consistait à m'emmurer dans un silence digne. Il m'arrivait de parler tout seul, notamment dans ma clairière, puisque c'était une des techniques conseillées par le docteur Schmid. Le docteur pensait qu'entendre ma voix en continu m'éviterait d'en avoir peur. Il appelait ça la technique du monologue : dès que je me retrouvais seul, je devais commenter mes gestes, décrire mes actions.

Auparavant, j'avais essayé la technique des boules de ping-pong dans la bouche (une de chaque côté), les allitérations extrêmes (« ton thé t'a-t-il ôté ta toux tenace », « les gras et gros grêlons dégradent

Grenade », « six chics slips, six slips chics »), les exercices de respiration, la lecture à voix haute en criant, en chantant, en faisant de la corde à sauter – beaucoup de lecture à voix haute. Avait aussi été testée la méthode Impoco, très en vogue à l'époque, qui consistait pour le patient à contracter les muscles du bras à l'instant où il sentait sa langue prête à bloquer. S'obtenaient ainsi des tressaillements musculaires, type auto-électrochocs, dont l'objectif était de détourner la tension empêchant la clarté de l'élocution. On conseillait vivement de garder la main sur la hanche et le coude à angle droit, histoire tout de même de prétendre à une posture naturelle.

— Le bégaiement vient d'une dissociation, disait Schmid avec sa lenteur suisse. Le tien aussi. Tu as l'impression que ce n'est pas toi qui parles. Que quelqu'un parle à ta place à travers toi. Que celui qui est toi, c'est celui qui ne dit rien, celui qui se contente de penser. Ta conscience. Comme un petit Jiminy Cricket. Tu comprends ?

Hochement de tête incertain.

— Donc tu es conscient, aucun doute là-dessus, mais tu as peur de laisser s'exprimer cette conscience. Tu acceptes de penser, mais tu n'acceptes pas de parler. Pourtant il faut accepter de parler pour être en connexion avec les autres. Sinon tu resteras un petit Jiminy Cricket que personne n'entend, tu comprends ?

Terreur immobile.

— Tu sais, beaucoup de gens célèbres étaient bègues. Louis XIII, Marilyn Monroe, même Albert Einstein. Ça ne les a pas empêchés de faire de grandes choses. Alors tu vois ? Tiens, prends un bonbon à la menthe.

Je me concentrais sur le froissement scintillant du papier, sur la décharge de fraîcheur alpine explosant sous mon palais, et j'essayais d'effacer le reste de ma mémoire.

Je n'avais pas du tout envie de croire à cette histoire de dissociation. J'envisageais mon problème sous un angle purement technique : je sentais que les consonnes que je n'arrivais pas à prononcer pouvaient se classer par ordre de difficulté. Qu'un [k] serait toujours plus problématique qu'un [m], un [l] toujours plus avenant qu'un [r]. Je me disais qu'il suffirait de s'entraîner beaucoup pour passer les paliers petit à petit. Je fomentais le plan de mettre au point des séries de répliques dénuées de [k], de [t] et de [r]. Je les apprendrais par cœur et plus personne ne connaîtrait l'existence de mon bégaiement. Puis un jour, je me rendrais compte que cette panoplie de formules longuement polies se serait élargie, leur fluidité se serait avérée contagieuse ; Jiminy Cricket serait capable de dire tout et n'importe quoi, d'improviser, de connaître le goût de la spontanéité.

Pour le moment, la parade consistait à étêter certains mots de leur consonne inaugurale. ‘onjour, ‘omment ça va, ‘e m’appelle ‘amille.

À Van Gogh, j’étais une victime parfaite. L’établissement faisait collège et lycée, on y entrait avec du chocolat au coin de la bouche et on en ressortait sept ans plus tard avec de la barbe d’homme ou des seins de femme. La métamorphose devait s’opérer au milieu des deux mille élèves qui s’ébattaient là-dedans et auxquels je ne parlais pas, obsédé par l’idée de cacher mon bégaiement. On m’appelait Bernardo. Un jour, deux petits caïds m’ont coincé au bord du terrain d’athlétisme pour me fouetter le dos avec une branche. Ils avaient repéré mon bégaiement et promettaient l’arrêt des coups si j’arrivais à prononcer clairement le mot pamplemousse. Je butais contre le [p] qui fermait le mot derrière lui comme un rideau de fer, je lançais en guise de monnaie d’échange des fruits à voyelle, abricot, ananas, orange. Les deux autres rigolaient entre les coups de fouet, chantaient « salade de fruits, jolie, jolie, jolie ». Je me souviens du vent qui gonflait leurs T-shirts, ils auraient pu s’envoler de joie. L’automne colorait les arbres d’un ocre tendre et les couples de seconde longeaient la piste d’athlétisme en nous jetant des regards indifférents, préservés de tout par le prestige de leur statut. Ainsi s’élaborait la chaîne alimentaire.

Cela dit, ce genre d'événement était rare pour la simple raison que je n'appartenais pas non plus à ceux qu'on appelait les *cas soc'*. Ceux-là, tout le monde connaissait leurs visages, tout le monde aurait pu s'essuyer les pieds sur leurs cahiers. Moi, si je n'avais pas d'amis, j'étais protégé par le salut vitreux de Giacomazzi, affalé sur son scooter devant les grilles, et par mon amitié avec Innocent dont la provenance sociale inspirait la crainte et le respect. Dans l'ensemble, on me laissait tranquille. Je me persuadais que ce type d'incident servait à me forger le caractère, à me tanner le cuir. Les cas soc' vivaient un quotidien scolaire très différent du mien. Van Gogh était un établissement de classe moyenne, où s'appliquait une violence de classe moyenne : le harcèlement était bénin mais permanent.

À la maison, mes parents n'attendaient plus mes fins de phrase. Dès ma huitième année, mon père se mettait sur le qui-vive chaque fois que j'ouvrais la bouche. Si je venais le voir dans la cuisine, il sentait que j'allais demander quelque chose et pointait dans toute la pièce un index de détective. C'est un gâteau que tu veux ? De l'eau ? Du jus d'orange ? Tiens, voilà ton jus d'orange.

Je faisais des économies de langue, lui des économies d'oreille, tout le monde était content.

Ma mère était à peine plus patiente. C'est à elle que Schmid livrait le bilan de nos séances, c'est elle qui s'entendait conseiller de me laisser parler, de ne pas me presser. Bon élève, je préparais pour elle des phrases fluides comme des rubans – mais le ruban finissait par casser, à un endroit ou un autre, et je bloquais au milieu de ma jolie phrase pendant qu'elle se lacérait le dos des mains du bout des ongles.

— Si tu as besoin que je prépare tes affaires de sport pour demain, tu peux juste dire « sport ». Je comprendrai.

Son pragmatisme m'emmenait tranquillement vers le silence. Au fil des années, je devenais pour elle un genre de compagnon muet qu'elle pouvait ensevelir sous son bavardage, tout en se plaignant de ne pas m'entendre assez. Pendant ce temps, l'adorable Emmanuelle blondissait, frisottait, dévidait ses journées dans des tirades incohérentes sous les applaudissements parentaux. Une famille unie.

Le bégaiement est psychologique, voilà qui était établi. Le docteur Schmid était catégorique dans sa façon de le dire et ma mère dans sa façon de l'entendre. Il naît d'un traumatisme et peut disparaître, parfois, grâce à l'identification de ce traumatisme. Ou grâce à autre chose, en fait on connaît assez mal le sujet – disait-il en nous servant son bon sourire de curé. Ce bon sourire s'épanouissait sans fin entre les murs de son cabinet, recouverts d'un papier peint à l'imprimé forêt vierge où se serraient de larges palmes et de longues feuilles effilées. Schmid m'expliquait que je devais pénétrer dans cette forêt comme dans un monde imaginaire, que la forêt étendait autour de moi son ombre protectrice. Je fermais les yeux, je tentais d'y croire, mais à peine les avais-je rouverts qu'apparaissait, dans les mains du docteur, l'instrument du supplice qui occuperait le reste de l'heure et s'incarnait sous la forme innocente d'un livre.

— Allez, on y va. « Viens jouer avec moi, lui proposa le petit prince. Je suis tellement triste… »

— Jjjjjj-je (un bruit de hors-bord) nnnnnn-ne (le vol d'un insecte) p-p-p-p-p-p-puis p-pas (un solo de grosse caisse), j-je n-ne suis pas app-, app-, app-…

— Apprivoisé.

— App-apprivoisé.

— Il faut que tu détendes ta bouche. Tiens, fais comme moi, expulse de l'air bouche fermée, en faisant vibrer tes lèvres. Ça va faire un bourdonnement.

Il montrait l'exemple. Sa bouche bourdonnait comme celle d'un bébé dans un landau. Il appuyait sa démonstration par une série de moulinets effectués des deux mains, double hélice qui étayait l'idée qu'il aurait pu continuer comme ça pendant des heures – et pour m'inviter à le rejoindre, il se mettait à faire des grimaces censément comiques, toujours sans s'arrêter, se levait, déambulait dans le cabinet.

La double hélice insistait pour que je l'imite, et bien sûr c'est ce que je faisais, le bourdonnement, les moulinets, les cent pas sur le tapis. On nous aurait posé à chacun un entonnoir sur la tête que la scène n'aurait pas été plus claire.

Sans l'oncle Michel, Schmid aurait peut-être réussi à me dégoûter des livres. Michel était le frère de ma mère et jouait le rôle de l'original de la famille. Célibataire, inadapté, alternant mutisme et envolées lyriques, il vivait emmuré dans un appartement transformé en bibliothèque. Une année, mes grands-parents avaient décrété qu'on ferait Noël chez lui et, malgré la précaution qu'il avait prise de repousser dans les coins les livres trop nombreux pour ses étagères, mon père avait trouvé le moyen de trébucher sur une pile qui s'était affalée sur le petit sapin, renversé à son tour dans une effusion de guirlandes et de boules pailletées. On aurait pu en rire si ma grand-mère, surprise, n'avait pas lâché la dinde sur la moquette.

Michel avait le souffle court, la peau marbrée de veinules rouges. L'expression de son visage était accaparée par des sourcils collés très bas qui cachaient presque ses yeux. Toute la tristesse du monde était assise sur son visage. Sa silhouette ployait, on aurait dit un phasme cassé en deux. Je savais bien que je lui ressemblais.

Il aimait me prendre à part pour me parler de ses livres. Après le repas, quand mes parents buvaient un café et que ma sœur coiffait une poupée au bout du rouleau, il m'emmenait dans ses falaises de papier qui menaçaient de crever le plafond et me prodiguait des conseils sur le mode: Si j'avais ton âge, je commencerais par tel livre, je continuerais avec tel autre… Il traçait ainsi tout un chemin de recommandations qu'il prenait en note sur un papier fourré de force dans ma poche. Pourtant il n'allait pas jusqu'à me prêter les livres qu'il me conseillait, obsédé par l'intégrité de sa bibliothèque qu'il jugeait d'une composition parfaite. En ôter un lui paraissait aussi dangereux que de retirer un organe à un corps vivant.

— Mon petit Camille, me disait-il près de l'oreille, les livres ne sont pas importants. C'est la littérature qui est importante. La littérature ce n'est pas les livres, attention, il ne faut pas les confondre, puisque la littérature est la chose vraie alors que le livre n'est que la contrefaçon. Tu vois, la littérature est toujours dans les livres, mais les livres ne contiennent pas toujours de littérature, ça non, en fait ils en contiennent rarement. La littérature est aussi rare dans une bibliothèque qu'un trèfle à quatre feuilles dans un champ de trèfles. Sauf à savoir se constituer une vraie bibliothèque, digne de ce nom, comme c'est mon cas, puisque j'ai amassé à force de persévérance quelque chose comme trois ou quatre mille livres du meilleur cru, c'est-à-dire des livres qui exsudent la littérature comme des lianes pleines d'eau, des livres dont la littérature coule sur le sol sitôt qu'on les ouvre, mon petit Camille, des livres qui injectent au lecteur une clairvoyance divine, et lui offrent de tenir pour un instant le chaos du monde dans le creux de sa main.

J'avais douze ans quand Michel est mort d'un cancer du poumon. Un modèle masculin possible devenu poignée de cendres dans une urne. Le testament était formel : l'intégralité de la bibliothèque revenait à son petit Camille.

Chacun des cartons représentait une probabilité de lumbago. Il y en avait des piles entières, mon père en suait d'avance et râlait qu'il n'y avait plus de place dans le salon. Les Giacomazzi ont proposé d'en stocker dans leur garage, ma mère a remercié d'une bouteille de vin, j'ai obtenu de récupérer une pile. Emmanuelle hurlait de rage, ulcérée de voir envahie sa chambre. Mon père l'a giflée.

J'ai étalé les cartons autour de mon lit. Ils constituaient un muret sur lequel, dès le lendemain, ma sœur jouerait à la marelle.

Le jour où j'ai osé ouvrir le premier, le calme manquait. Ma sœur voulait me faire jouer à la marchande, le cliquetis de la machine à coudre maternelle résonnait dans le couloir, les épiphanies de Dechavanne saturaient le salon. Je suis sorti, j'ai longé la place par l'extérieur pour ne pas être vu depuis l'arbre tordu, j'ai emprunté le chemin bitumé qui entrait dans le bois. C'est en cherchant à éviter le poney club que je suis sorti des sentiers ; j'ai grimpé des talus, je me suis enfoncé dans le quadrillage serré des arbres et j'ai fini par trouver une sorte de clairière.

Combien de temps est-ce que j'y ai passé ? Combien d'heures qui, mises bout à bout, feraient combien de jours qui, mis bout à bout, feraient combien de semaines ? Performance artistique subventionnée par je ne sais quel institut moderne et transgressif : *un jeune pubère reste en pleine nature pendant tout un cycle lunaire, uniquement occupé à lire et à jouir*. Succès planétaire.

Les périodes d'activité les plus fortes étaient évidemment circonscrites au printemps et surtout à l'été. L'été, ce long désert bordé de fièvre. Une semaine annuelle à Trouville résumait le programme des vacances familiales, pendant laquelle mes parents flambaient les économies de l'année à coups de casino, de cocktails et de restaurants de fruits de mer. On vit la grande vie, disait ma mère en souriant dans son bronzage. Je tuais le temps en rôdant sur le sable, le long des cabines de plage, et en prenant des bains brefs et angoissés.

Juillet et août s'étalaient sans fin autour de cette semaine de bombance et, comme d'habitude, on ne me surveillait pas.

J'entrais dans la fraîcheur du bois avec un sac à dos plein de trésors. Je suivais le sentier bitumé comme si j'allais au poney club, en saluant ceux qui en revenaient. J'allais jusqu'à la fourche, je prenais à gauche, je dépassais le kiosque où un joint capiteux circulait sous des visières non identifiées. Le soleil filtrant d'entre les feuilles dessinait sous mes pas des mouchetures claires. C'est là, dans la courbe d'un virage, que je grimpais un talus, dépassais l'oblique d'un arbre mort, laissais mon short s'accrocher sur des branches de plus en plus serrées et posais le pied sur la longue pierre plate qui m'attendait.

Je commençais par écouter. Je me calais les fesses dans l'assise, et je tendais l'oreille. Gazouillis, pépiements, hululements, chutes de branches, froissements de feuilles. Pas un seul bruit humain. Ni les conversations des promeneurs ni les sabots des chevaux qui passaient en contrebas ne montaient jusque-là. À quelques mètres en face de moi, presque invisible entre les troncs, c'était le mur d'enceinte.

J'ouvrais mon sac et disposais sur l'herbe mes objets imprimés. Deux genres de littérature très différents se côtoyaient, pareillement tachetés de soleil. L'un était ma fierté, l'autre ma honte. Mais j'avais décidé que la clairière était hors du monde, dans une dimension si éloignée de la nôtre que la honte n'existait pas.

Je n'ai pas l'intention d'essayer de faire comprendre l'étrange parenté qu'entretiennent encore pour moi *Playboy* et Baudelaire, *FHM* et Nabokov. À ma connaissance, aucun conduit anatomique n'envoie le sang à la fois dans la tête et dans le phallus. Pourtant, dans ma clairière, c'est bien ce qui s'est passé. Association contre-nature qui n'aurait pas eu lieu si j'avais eu une chambre à moi, s'il n'avait pas fallu crapahuter jusqu'au cœur de la forêt pour être un peu tranquille.

Les plaisirs de la clairière se divisaient en deux catégories. L'un s'atteignait plus difficilement que l'autre : il nécessitait d'affronter des mots étalés sur des pages et des pages, sans succès garanti. Parfois, ces mots me décrochaient un genre de frisson intérieur, d'autres fois rien du tout. L'opération était mystérieuse, la recherche souvent ingrate. Si j'avais eu le choix, j'aurais préféré une console. Je ne comprenais presque rien à ce que je lisais et ne finissais jamais aucune histoire. Mais quelque chose me poussait à rouvrir les livres, à sentir leur haleine.

En vérité, ils me servaient surtout à autre chose. Tout seul dans ma clairière, retranché derrière une cloison de branchages reconstruite à chaque fois, je parlais. J'énonçais à voix haute des phrases courtes ou longues, sèches ou sinueuses, aériennes ou chargées. J'articulais, modulais mon timbre. Je donnais à l'écrivain une apparence fictive et l'imaginais prononcer sa phrase avec ma voix, qui n'était donc plus ma voix mais la sienne. Grandiose numéro de ventriloquie littéraire.

Une vraie découverte : ventriloque, je ne bégayais pas. Ma voix clapotait dans les simili-graves autorisés par la puberté et posait dans l'air des mots rares qui flottaient comme du pollen. J'entrais dans la forêt protectrice vantée par le docteur Schmid. Enchantement.

Plus tard, je me plantais devant le canapé, entre mes parents et la télé. Je prenais soin, dans le doute, d'appliquer la méthode Impoco, bras à angle droit, prêt à me donner des coups d'électrodes pour franchir les consonnes récalcitrantes, et je lisais. Un bras dressé vers le ciel m'aidait à soulever ma voix. Ma main s'ouvrait comme pour soupeser les mots. Pour plus de sécurité, je changeais mon timbre comme dans la clairière.

— Pourquoi tu parles comme le pape ? demandait ma sœur.

— C'est vrai qu'il parle comme le pape, grognait mon père.

Ma mère s'inquiétait de savoir si ce genre de chose me serait vraiment utile à l'école, et s'il ne valait pas mieux que je privilégie les matières scientifiques.

Innocent me voyait de temps en temps avec un livre à la main, et lui non plus ne montrait pas beaucoup d'enthousiasme. Dans le petit square devenu notre QG, il m'avertissait :

— C'est un coup à devenir pédé.

À demi allongé en bas du toboggan, en équilibre sur les coudes, son visage exprimait une réelle inquiétude.

— Dans mon immeuble, y a un gars qui lit des livres. Eduardo, le gars avec la queue-de-cheval.

Je me souvenais de lui, croisé quelquefois dans les escaliers. Les yeux baissés de celui qui a arrêté de se battre contre l'hostilité des autres, parfois soulignés d'un coquard ou d'une pommette bleuie. Puis son sourire doux quand il répondait à mon 'onjour, sa voix bien trop fine, bien trop soyeuse, qui avait l'air faite pour se laisser broyer par le béton des murs, couverts de graffitis hurlant déjà plus fort que lui.

— C'est une victime, concluait Innocent.

Déduction simple : lire des livres allait faire de moi une victime.

Trop tard, le virus était contracté. La littérature me révélait que la langue ordinaire était boiteuse. Les exigences du quotidien se limitaient à un vocabulaire cruellement restreint. À la maison, on devait se satisfaire d'une centaine de mots, deux cents maximum. Des mots d'une banalité affligeante, communs et gris comme des pigeons. Dans les livres de l'oncle abondaient les termes rares (rubescent, lézarde, gypse, anamnèse) aux reflets de vitrail, aux rondeurs presque charnelles. Une vraie pornographie langagière. Ma bouche, en les prononçant, se lavait de toutes les fois où elle avait failli à sa mission. Délivrance numéro un.

Le contenu des revues s'offrait bien plus facilement, dans le sens où je n'avais même pas besoin de chercher plus loin que la couverture pour sentir une certaine zone de mon anatomie se soustraire à tout contrôle. Elby les louait pour quinze francs la semaine, il était donc formellement interdit de se laisser aller à la délivrance numéro deux entre les pages. Je les parcourais en long et en large, planais sans effort au-dessus des paysages féminins et constatais qu'il n'y avait visiblement pas de limite à la capacité de mon corps à produire les quelques gouttes où se concrétisait l'extase. Mots et chair, confondus dans un horizon confus où je me laissais dissoudre.

La clairière elle-même semblait attirer dans l'air une espèce de charge érotique ; je me souviens d'une fois où je suis tombé sur un couple de terminale au niveau du premier talus, allongé dans les feuilles mortes et pris d'une frénésie de palpations interrompue par les craquements de mes pas, et d'une autre où j'ai vu la face cachée d'Annabelle.

Accroupie à trois mètres de sa monture attachée à un tronc, le pantalon aux chevilles, elle fendait d'un jet dru un rayon de soleil qui découpait ses fesses avec la précision d'un laser. L'urine crépitait dans les feuilles mortes. Elle regardait vers le ciel. Les dernières gouttes ont été balayées par une poignée de feuilles innocentes et la longue silhouette de ma fiancée s'est dépliée, a enfourché le cheval et a disparu au petit trot. J'ai attendu l'estompement total des claquements de sabots pour approcher l'endroit où elle avait laissé son empreinte. Là, je me suis agenouillé autour du cercle humide et j'ai fait venir en quelques manutentions un plaisir ému qui est allé mourir dans les feuilles, fruit de mon corps mêlé à celui d'Annabelle.

À quinze ans, la grande obsession s'est mise à prendre forme. Des femmes en culotte et soutien-gorge habitaient la télé, leurs fesses apparentes servaient à vendre des yaourts, de la lessive, des voitures, du parfum. Elles squattaient les publicités des arrêts de bus, les cuisses de l'une chassaient le décolleté de l'autre dans le roulis automatisé des affiches. Elles se penchaient vers la caméra dans les clips ou balançaient leur croupe au milieu du cadre, déformées par la contre-plongée et les doubles décimètres de talons qui maintenaient leurs jambes bien galbées. Dans les talk-shows que regardait ma mère, elles riaient fort en poussant leurs seins en avant. L'univers me disait : le sexe est partout.

Mon corps abondait.

La mue des petites filles, en parfaite conformité avec ce nouvel état des choses, fut un événement terriblement violent. Un beau matin, les fillettes d'hier étaient apparues sous un jour inédit : des excroissances avaient poussé le long de leurs silhouettes et mettaient sérieusement en péril l'ordre scolaire tel que je l'avais connu. Elles se baladaient en grappes autour de la piste d'athlétisme, enluminées à hauteur de poitrine et de postérieur, déjà habillées comme des femmes. Aller au lycée, pour moi, consistait à raser les murs en essayant d'échapper aux cohortes de tentations au nombril apparent, au roulis des croupes et des cuisses aperçues à travers des jeans intentionnellement déchirés, pour atteindre le CDI où ne venait personne et oublier les palpitations de la chair dans celles des mots imprimés.

Innocent faisait mieux : il racontait des histoires. Posté devant l'arbre tordu, tout frêle dans son maillot de foot trop grand, il tenait au bout de sa voix tout un auditoire hypnotisé. Une dizaine de bouches entrouvertes, coiffées parfois d'un duvet timide, une dizaine de paires d'yeux où grouillaient en silence des images interdites. Assemblée intégralement masculine, dont le pucelage se reniflait à des kilomètres.

À l'en croire, Innocent n'arrêtait pas de se trouver témoin malgré lui de scènes extraordinaires. Des fellations dans des parkings, des accouplements apparaissant en ombres chinoises aux fenêtres de son HLM, des gémissements dans les fourrés, le tout gonflé de détails et étiré sans fin, bien au-delà des limites de la crédibilité. On se tournait vers Giacomazzi, ramassé sur son scooter, qui hochait la tête d'un air entendu. L'impossible rendu véridique.

Le jour tombait, les couleurs se laissaient lentement affadir. Les parents qui jetaient un œil par la fenêtre distinguaient la forme floue du groupe autour de l'arbre, sans se douter une seconde qu'ils assistaient à l'éclosion d'une célébrité locale. En effet, les fables pornographiques d'Innocent avaient fini par faire de lui quelqu'un d'important dans le quartier. On le connaissait au moins de vue, on venait écouter ses histoires.

— Je suis comme un griot, disait-il.

— C'est quoi un griot ?

— C'est quelqu'un qui raconte des histoires dans les villages. Y en a au bled.

Au bled, il n'y était jamais allé. À vrai dire, plus le temps passait, plus il désertait sa cité HLM. Ses parents l'appelaient Umufaransa, « le Français », avec une certaine fierté mêlée de regret. Son père avait été percussionniste autrefois et désespérait de voir les paumes d'Innocent, qui était l'aîné de ses garçons, tripler de volume contre la peau tendue des tambours. C'est de la tradition qui se gâche, marmonnait-il. J'étais invité chez eux certains soirs. Souvent, on entendait par la fenêtre ouverte des roulements percussifs en provenance du bas des tours. Des cris réclamaient Aimable. Le père d'Innocent mâchonnait ses patates douces d'un air sombre et finissait par se lever sans desserrer les mâchoires pour aller chercher son tambour, grognant au passage que cet instrument était sacré, et qu'au pays il ne se serait jamais abaissé à jouer avec des Marocains comme ceux-là, prêts à sortir leur derbouka infernale à la moindre occasion.

On le suivait jusqu'en bas, sur le muret autour duquel se rassemblait un début de public. Mon ami regardait son père s'épuiser sur son tambour avec une espèce de rancœur.

— Regarde-le, il se croit au pays.

La chemisette d'Aimable, toujours trop grande, flottait comme une toge autour de lui. Il secouait sa nuque et son menton à deux vitesses différentes, déclenchant dans le public des départs de chant semblables à des fusées de détresse, qui s'élevaient haut dans le ciel et s'éteignaient vite.

— Là il entend plus que son tambour.

L'assemblée clairsemée se mettait à taper des mains. Certains dansaient.

— Pourtant au pays c'est la guerre.

Sur fond de concert improvisé, Innocent m'expliquait le conflit millénaire entre les Hutus et les Tutsis. L'histoire le faisait bâiller d'ennui. Lui ne se sentait ni l'un ni l'autre et n'avait pas particulièrement l'intention d'aller voir un jour la terre de ses ancêtres. Il était plutôt occupé à voler des parfums

Scorpio, à se faire louer les VHS classées X du vidéo-club ou à s'entraîner à rouler des patins dans son propre coude. « Le pays » représentait une lointaine abstraction. La place Bertin était sa patrie d'adoption et, pour moi qui traînais dans son orbite depuis la maternelle, c'était peut-être une aubaine.

C'est en tout cas ce que j'ai cru, l'après-midi où Elby est venu nous trouver sur les chevaux à ressort du square. « Salut les gars », a dit sa voix paresseuse. Une explosion de chaleur sous mes joues ; j'étais « les gars ».

— T'as quel âge Innocent ?

— Quinze.

— OK. Toi aussi ?

Ma tête a fait oui.

— Alors c'est bon.

— C'est bon pour quoi ?

— Pour venir au poney club. Bernardo aussi, si tu veux. C'est quoi ton vrai nom déjà ?

J'ai dit Camille avec l'impression de crier. Des années de partage d'apéros parentaux n'avaient pas imprimé mon nom dans son crâne à l'implantation capillaire parfaite.

Il s'est laissé choir au bout du toboggan, a roulé un joint sur lequel il a pris une longue taffe. Puis il l'a passé à Innocent qui l'a accepté avec flegme, a tiré dessus et me l'a tendu. J'ai tâché de faire preuve du même flegme en crachant mes poumons. Le Vésuve entrait en éruption à l'intérieur de moi et Giacomazzi me regardait d'un air navré.

— Sympa ton pote.

Innocent, traîtreusement, a gloussé.

— Tu voulais nous dire quoi sur le poney club ?

— Que vous pouvez venir à la prochaine soirée.

— Ah ouais !

C'était ma voix qui venait de jeter cette brillante réplique. « Ah ouais » était à cette époque la repartie invariable avec laquelle j'entrais dans toute conversation – repartie invariable parce que spongieuse, dépourvue d'os. Je modulais l'intonation suivant l'effet que je voulais donner. Le seul inconvénient était qu'on ne pouvait pas y répondre grand-chose.

— Ouais, a donc répondu Giacomazzi.

Le poney club était en vérité un centre équestre. Situé à l'intersection des principaux chemins de la forêt, il consistait en une grappe de bâtiments en bois où les box formaient deux rangées hennissantes autour du manège, où des cravaches et des brosses pendaient à des crochets, où des bombes noires grouillaient dans des bacs et faisaient aux gosses des têtes d'obus. Moi-même, je regardais les équidés avec une terreur polie, aussi inspiré par l'idée de grimper sur leur dos que par celle de traverser un pont de planches vermoulues suspendu au-dessus du vide. Je me contentais donc d'admirer ma sœur dans le manège, juchée sur un poney et si rouge qu'elle semblait sur le point d'éclater de bonheur.

Mais c'était surtout la nuit que les choses devenaient intéressantes.

La population adulte de la place était globalement persuadée que la clairière était squattée par les jeunes délinquants des HLM. Elle ignorait que ceux-là préféraient rester en bordure du bois, sous les réverbères des parkings, et que c'était donc la progéniture bertinienne qui venait se pinter à la belle étoile. Les options nocturnes offertes par la ville étant à peu près nulles, les fêtes du poney club devenaient un rendez-vous immanquable. On retrouvait la trace des participants le lendemain matin, dans les cadavres de bouteilles et les reliefs calcinés d'un feu. Les animateurs du centre râlaient pour la forme sans dire que les bières vides qu'ils ramassaient étaient celles qu'ils avaient bues eux-mêmes.

Une invitation pareille nécessitait de se préparer. Chemise blanche, eau de toilette, gel coiffant Vivelle Dop. Inspection dans le miroir, recherche de boutons malvenus, répétition d'expressions du visage. L'intérêt : sourcils concentrés, bouche plus ou moins entrouverte selon le degré d'excitation de l'interlocuteur. L'ironie : sourire en coin, paupières pas dupes. Le mystère : regard dans le vague, accroché à un horizon imaginaire.

Devant mon reflet, j'avais toujours l'impression qu'il me manquait quelque chose pour faire un garçon crédible. Chez les autres, être un garçon avait l'air inné ; chez moi, non. Mes contours étaient flous, prêts à s'estomper comme un dessin sous la pluie. Je me sentais suspendu dans l'indécision. J'aurais voulu voir s'accuser mes traits pour qu'émerge de ma face imprécise celle d'un vrai garçon, contenant déjà celle d'un homme. Il m'arrivait de me tracer sur la figure une moustache et un bouc que je regardais dans le miroir de la salle de bains. Le feutre était lavable ; je me rinçais à toute vitesse pendant que ma sœur tambourinait qu'elle avait envie de faire pipi.

Naturellement, donc, j'imitais. Elby restait mon modèle privilégié. J'avais persuadé ma mère de m'acheter une veste en jean comme la sienne, si pâle qu'elle en était presque blanche. J'imitais sa démarche, les deux mains dans les poches avec les pouces qui dépassent. Mes lunettes avaient été remplacées par des lentilles qui m'enflammaient la cornée. Une poussée de croissance soudaine avait étiré mon ombre, et je m'efforçais d'imprimer à chacun de mes membres trop grands une souplesse giacomazzienne. J'étais fermement déterminé à devenir cool.

*

C'est donc chargé de ce triple effort, veste, lentilles, démarche, que je fais mon entrée dans la clairière du poney club. Innocent a fait le choix d'un survêtement blanc à bandes rouges qui rend sa peau noire plus noire. Il est encore trop tôt pour quoi que ce soit. Un radiocassette à piles passe du IAM en espérant réchauffer l'ambiance, des menthols occupent les mains, des bouteilles de Malibu circulent dans des petits groupes. Certaines filles se sont regroupées en un banc plus large qui oppose une muraille de rires aux premiers assauts masculins. Des terminale ramènent des branches destinées à alimenter un feu hypothétique pendant qu'Innocent me fait boire une bière volée dans le placard de sa cuisine.

— Salut les petites pédales. Restez pas tout seuls comme des cons.

Giacomazzi, notre sauveur.

Notre arrivée dans l'îlot des gens cool a à peu près l'effet d'un pet d'insecte. On trouve là, assis en rond, des terminale et quelques filles de première visiblement sélectionnées pour leur beauté. Elby a fini le lycée mais ça n'a pas l'air d'empêcher les rapprochements, en témoigne par exemple sa façon insistante de replacer une mèche blonde derrière l'oreille de sa propriétaire.

— Ça vous dit de faire une indienne ?

— Ah ouais !

Moi, toujours. Je n'ai aucune idée de ce qu'est une indienne.

— Sans moi, mais si ça vous fait marrer de vous niquer la santé allez-y.

La bouche qui vient de parler appartient à un ensemble magnifiquement ordonné comprenant un nez minuscule, deux joues pleines et un regard savamment blasé sous une frange noire, le tout recouvert d'une pellicule de soie pâle censée être une simple peau. La propriétaire du lot répond au nom de Katell Le Men. Jean bootcut, perfecto en faux cuir, top rose qui remonte à mi-nombril et dit FUN en majuscules. Elle tient son verre à deux mains pour boire, c'est adorable. Sa façon d'appeler Elby *Monsieur le playboy*, avec un accent de dédain, allume dans mon ventre une gaieté totale. Elle se rêve avocate. Sa mère, militante à Act Up, s'est portée volontaire pour faire de la prévention scolaire contre le sida, et il arrive à Katell de l'accompagner dans sa tournée des classes pour s'entraîner à parler en public. Je revois ces trois femmes qui avaient interrompu un cours de SVT pour nous parler des maladies vénériennes et dérouler un préservatif sur une banane ; derrière les deux adultes, fière et grave – et malheureusement associée dans ma mémoire à la puanteur des grenouilles disséquées qui patientaient sur les paillasses –, c'était bel et bien Katell.

La coutume de l'indienne consiste à se passer un joint dont chacun tire une taffe qu'il retient sans recracher la fumée jusqu'à ce que le joint lui revienne, qu'une deuxième taffe retenue s'ajoute à la première, etc. Mes trois aspirations feintes passent inaperçues ; j'ai réussi l'épreuve.

À minuit, le feu est allumé et cerné par l'intégralité de ceux qui sont là, éclairés du dessous par un halo de lumière orange. Innocent s'est enfoncé dans le noir avec une des filles de première, baratinée avec une vigueur impressionnante. Grâce à la couche d'oubli déposée sur mes neurones par la bière et la manzana, j'ai moi-même réussi à tenir une quasi-discussion avec Katell Le Men. Elle a eu la politesse de faire semblant d'écouter mes balbutiements en louchant sur Giacomazzi, juste à côté, à qui on a donné une guitare.

Les choses auraient pu en rester là. Je serais rentré triste mais content, content mais triste, comme n'importe quel être humain de quinze ans.

C'est ce qui se serait passé si Elby n'était pas venu troubler mon silence pour me poser la question cruciale.

— Il a déjà trempé son petit biscuit, Bernardo ?

J'opère de la tête une dénégation modeste. En arrière-plan, un chœur désaccordé chante *No Woman No Cry*.

— C'est peut-être ton jour de chance. Tu sais pourquoi on les fait ici, nos soirées ?

Répétition de la tête.

— On a une tradition. Tu vois le poney club derrière ? Il y a les box pour les chevaux et à côté il y a des cabines qui servent à entreposer du matériel. Et il se trouve que la dernière a toujours eu le verrou pété. Y a des tapis de selle, c'est tout confort. Celle-là, on l'appelle la cabine de l'amour. Tu me suis ?

Acquiescement.

— La cabine de l'amour, on y va dans un but bien précis. Presque tout le monde y passe, tu vois, c'est comme un rituel. Tout ça pour dire qu'il y a quelqu'un qui t'attend là-bas en ce moment même.

Je sens mon sang se figer, exploser en milliers de cristaux et retomber en pluie dans mes veines paniquées.

— Évidemment faudra pas que tu parles vu qu'elle pense que c'est moi qui vais me pointer. On fait à peu près la même taille, c'est pas mal. Tiens, mets ça.

Il visse sur ma tête son béret Kangol et me fait tourner devant lui. D'une simple tape dans le dos, sa main persuade mes épaules de bondir en arrière et mon torse de se gonfler d'air et d'assurance. Il tire sur un bout de mon jean pour en corriger le pli, me relève le menton et me gratifie d'une petite baffe affectueuse, de celles qu'on réserve aux labradors les plus dévoués.

— Dernière cabine à gauche. Allez champion, va découvrir la vraie vie.

Le bruit décroît derrière moi pendant que je fais le tour du poney club, suivi par quelques grondements équins qui sortent des box fermés et ajoutent à mes perceptions déjà curieusement duveteuses l'impression de mettre le pied dans un rêve ou une scène de film, quelque part en tout cas où coule un air épais et souple qui s'enroule à mes chevilles, et pas une seule fois je ne me pose la question de savoir pourquoi Giacomazzi est soudainement aussi généreux avec moi, cette pensée-là ne vient jamais troubler la progression lente de mes pas dans l'herbe que je pourrais confondre avec ceux d'un funambule le long d'un fil tendu entre deux immeubles, et quand j'entrouvre la porte de la dernière cabine à gauche et qu'un « Elby ? » craintif est chuchoté dans le noir, je sais tout de suite que la fille allongée sur un tapis de selle est Katell Le Men, ce qui mélange à l'odeur chevaline de la pièce le parfum spectral des grenouilles disséquées, et à peine ai-je le temps de me voir, depuis ses yeux à elle, me découper dans le contre-jour quasiment opaque de l'ouverture comme un loup qui entre dans une bergerie, à peine ai-je le temps de réaliser que je m'apprête à me transformer en homme, en homme *complet*, que je referme la porte derrière moi pour franchir les quatre pas qui me séparent de son corps brûlant, déjà à moitié nu, et à peine ai-je le temps de poser une main sur sa peau que je sens son souffle dans le mien et sa langue dans ma bouche, sa hâte et sa crainte enchevêtrées dans les soupirs qu'elle laisse glisser dans mon oreille, je sens sa peau qui frémit au passage de mes doigts qui descendent jusqu'à rencontrer la soyeuse humidité bordant l'ouverture centrale de son corps, et j'ai juste le temps d'y faire entrer un majeur palpitant en me disant que l'insupportable intensité de ce moment pourrait bien faire exploser chacun de mes vaisseaux sanguins quand tout d'un coup la lumière s'allume et un hurlement vient déchirer le visage de Katell Le Men dont je vois brusquement jaillir du noir la bouche tordue de surprise et de révulsion avant qu'elle ne ramasse ses vêtements d'un large mouvement du bras et ne bondisse hors de la cabine, escortée par les rires assourdissants de Giacomazzi et de ses lieutenants, tordus de plaisir dans l'encadrement de la porte.

Voilà de quelle manière a débuté la seconde phase de ma vie : par la fuite d'une jeune femme et les rires de jeunes hommes. Pas besoin d'être très pessimiste pour y voir un présage douteux. Mais comme le veulent apparemment les lois de l'univers, les augures les plus évidents restent invisibles aux yeux de ceux qu'ils concernent, et c'est dans cette inconscience que j'ai traversé le bois en sens inverse pour rentrer à la maison, trop occupé à humer mon majeur pour pressentir quoi que ce soit.

Innocent, dans l'obscurité du bois, avait réussi l'examen du dépucelage. Les jours suivants, il m'avait abreuvé de détails anatomiques et chorégraphiques sur la façon dont s'était déroulée l'opération. Au square, il se frottait les joues en empilant des métaphores instables.

— Tu vois, les seins c'est comme des petits coussins. C'est tout doux.

Puis, la fois suivante :

— En fait, les seins c'est comme des fesses mais à l'avant.

Et la fois d'après, se repentant :

— Laisse tomber, les seins c'est juste les seins. C'est indescriptible.

Puis, un jeudi soir, le flux se tarit. Il m'avait rejoint au square, et s'était mis à se balancer sombrement sur un cheval à ressort. Les contrariétés d'Innocent étaient aussi visibles que celles d'un nourrisson. Je voyais très bien son front plissé et sa bouche bombée qui allaient et venaient dans les couinements de sa monture.

— 'a va ?

— Ça va.

— On d-d-dirait que tu f-fais la g-, la g-

— Non je fais pas la gueule.

— Ah. On dirait p-pourtant.

Je sortis un paquet de Benson & Hedges, lui en tendis une. Nous avions décidé d'adopter la cigarette, accessoire particulièrement efficace pour brûler les restes d'enfance. Je l'observai au moment de la première bouffée, bloquant de toutes mes forces la toux éruptive qui remontait dans ma gorge. Lui tenait le filtre entre le pouce et l'index et regardait sur le côté, la tête dodelinant comme celle d'un cow-boy. Même sur son cheval à ressort, il avait plus de style que moi.

— Je trouve que t'as changé, dit-il au bout d'un moment.

— Changé ?

— Ouais. T'étais pas comme ça avant.

— C-c-comment, « c-comme ça » ?

— T'étais pas comme ça avec les meufs.

Je toussai. Je n'étais ni comme ça ni autrement avec *les meufs* pour la simple raison que *les meufs*, jusqu'à maintenant, avaient occupé une planète sise à plusieurs systèmes solaires de distance de la mienne. Il posa son regard dans le mien. Il contemplait un étranger.

— D-de quoi ?

— Laisse tomber. Faut que j'y aille.

Il jeta d'une pichenette sa cigarette encore à demi intacte, dessinant dans l'air un arc d'étincelles.

— Quelqu'un pour toi à la porte.

Ma mère essuyait une assiette, sans rien flairer de l'électricité qui flottait depuis quelques jours dans mes parages.

Sur le seuil se tenait Elby.

— Tu viens avec moi ?

Je n'eus le temps de dire ni oui ni non. Il descendait déjà l'escalier, je manquai de glisser sur les marches en essayant de le rattraper. Autour de l'arbre tordu étaient réunies une dizaine de personnes. Je reconnus Innocent et sa nouvelle copine, quelques lieutenants de Giacomazzi, et même un type du poney club présent à la soirée. Il était tout petit, un vrai jockey, tenait par la taille une fille que je savais être en terminale à Van Gogh, et tous les deux posaient sur moi un regard d'un bleu glacé.

— Assieds-toi, me dit Elby en me montrant une des deux branches.

Je m'exécutai en essayant, par télépathie, de faire descendre le sang de mon visage et de ne pas me laisser assommer par mon cœur qui jouait au punching-ball avec mes tempes.

— Je vais parler en premier.

Sa voix était douce, comme son ensemble peau de pêche dont l'élégance n'aurait supporté la silhouette de personne d'autre.

— Katell n'est pas sortie de chez elle depuis le week-end dernier. Elle n'y arrive pas. Elle se sent salie. Souillée.

Il cracha un fin glaviot tournoyant qui vint s'écraser devant mes chaussures.

— Elle dit qu'elle fait des cauchemars et que quand elle se réveille elle sent encore tes mains sur elle.

La copine d'Innocent eut une grimace de dégoût qu'elle amortit contre son épaule. Lui regardait ailleurs.

— Alors tu me fais plaisir, tu ne l'approches plus.

— Pigé ? grogna le type du poney club sans desserrer les dents.

David, l'assistant de l'entraîneur. Je l'avais déjà vu accueillir Annabelle après des balades dans le bois – blagues à volume élevé, gestes tactiles. Sa barbe de trois jours recouvrait de pointillés une bonne moitié de son visage, et ses arcades sourcilières saillaient comme deux corniches. Sa copine se pressa contre lui sans me quitter des yeux.

— Tu veux dire quelque chose ? demanda Elby.

J'avais un grand « mais » qui enflait dans la poitrine, grimpait dans ma gorge, poussait son écume jusque derrière mes lèvres fermées qui ne déposaient dans l'air tiède du mois de juin qu'un son interminable, « mmmmm », qu'on aurait pu prendre pour une méditation orientale si mon menton n'avait pas autant tremblé, jusqu'à ce que je m'avoue la défaite et ravale comme une glaire ce mot incapable de sortir.

— Il va se branler dans la forêt, dit un lieutenant d'Elby. C'est un pervers, c'est tout. Et peut-être aussi un taré.

Un coup d'œil rapide à son chef précéda le crachat monstrueux qui vint s'écraser tout à côté de celui de Giacomazzi, boule de pétanque contre cochonnet. La copine d'Innocent fit la même chose, et puis David, et puis tous les autres – sauf Innocent, toujours aussi absorbé par un détail à l'horizon. Enfin, ils partirent en direction du bois. Je restai là, seul sur ma branche, devant un tas de salive qui ne m'appartenait pas.

«Mais c'est toi qui m'as dit d'y aller», ai-je finalement réussi à chuchoter, la nuit suivante, à la fenêtre lumineuse découpée au plafond de ma chambre. Ma sœur ruait comme un poulain dans son sommeil et moi je parlais au plafond.

Mon premier grand tourment moral. Je me sentais désolé de fond en comble, une contrition de tout-petit. J'aurais voulu me jeter aux pieds de n'importe qui et me liquéfier d'excuses. Mes mains moites tordaient les draps dans le noir, suppliaient l'absolution, si désireuses, à ce moment-là, de ne jamais s'être posées sur le corps de ma proie aveugle. C'est ce mot-là, surtout, qui oscillait et tintait dans le noir comme le mobile d'un bébé : proie. Tu as été le chasseur, elle a été la proie.

Me revenaient alors en mémoire la petite baffe encourageante de Giacomazzi et sa casquette vissée sur ma tête. Alors, une voix intérieure se mettait à me défendre. Moi aussi, je me retrouvais victime de ce piège cruel. Je me gonflais d'un souffle d'indignation – mais aussitôt ma pensée se retournait et la culpabilité reprenait le dessus.

Surtout, j'aurais voulu pouvoir entrer dans la tête de Katell Le Men. Voir ce qu'elle avait vu, sentir ce qu'elle avait senti. Comprendre quel traumatisme avaient pu déclencher en elle mes mains posées sur son corps. Elle aurait eu de bonnes raisons de jouer la comédie, humiliée qu'elle était de s'être laissé balader par Elby et approcher par un pauvre bègue repoussant – assez humiliée, peut-être, pour avoir envie de se venger et de forcer le ridicule à changer de camp.

Je me tournais, me retournais dans mon lit, et la vérité n'était ni d'un côté ni de l'autre.

*

Il n'y avait qu'une seule famille Le Men dans l'annuaire local. L'adresse était celle d'une petite maison ordinaire au milieu d'un lotissement où la seule vie audible était matérialisée par le tchac-tchac des jets d'eau automatiques.

Le plus difficile avait été le choix de l'offrande ; il fallait que je vienne avec une preuve concrète de mes excuses, emballée dans un papier cadeau aux couleurs de la repentance. Je ne pouvais rien choisir de personnel, tant était complète mon ignorance des goûts et des intérêts de Katell, et je ne savais pas davantage ce qui plaisait en général aux filles de seize ans. Toute légèreté était à exclure, ce qui reléguait dans l'oubli le don d'un fraisier ou d'une boîte de chocolats.

Ce n'est donc rien d'autre qu'un principe d'élimination qui a fini par décider de la présence, dans mon poing tremblant, d'un pesant bouquet de roses rouges dressé entre moi et la porte où j'ai finalement osé toquer un samedi après-midi.

Dans l'ouverture est apparue une femme, vue autrefois en cours de SVT dans un T-shirt *Tous ensemble contre le sida.*

Bien entendu, j'avais soigneusement préparé le texte de mon mea culpa. J'ai balbutié les répliques prévues en sentant mon visage devenir aussi rouge que mes fleurs. Méthode Impoco, la main libre tenant la hanche, le coude à angle droit encaissant les électrochocs. Mon pauvre larynx expulsait les voyelles comme des boules de poils qui atterrissaient sur le perron, aux pieds de cette femme en jean et tablier dont le regard était d'une opacité totale.

— Et donc ? a-t-elle dit après la fin de ma tirade.

J'ai mâché un peu d'air, poisson hors de l'eau.

— Tu me fais rire. Vous, les gars de ton âge, vous ne pensez qu'à ça. Vous vous en fichez de savoir ce que ressentent les filles. Vous leur mettez des mains aux fesses en rigolant, pour vous c'est un jeu. Mais ce n'est pas un jeu. Entre les fesses et les seins, il y a ce qu'on appelle un cœur. Tu vois ce que c'est ?

— Ah ouais.

— « Ah ouais » ? C'est tout ce que tu trouves à dire ? Tu t'es vu, avec tes fleurs ? On dirait que tu viens inviter Katell à sortir.

Tout d'un coup, j'ai pris conscience du caractère étrangement sexuel du bouquet, son large ovale écarlate comme un énorme gland, son rougeoiement évasé avalant l'immobilité verte et bleue du lotissement.

— Donc je vais te dire ce que tu vas faire. Tu vas rentrer chez toi et tu ne vas pas essayer de revoir ma fille. Au lycée, tu ne l'approches plus, ici non plus. Je ne sais pas comment tu as été élevé, mais j'ai l'impression qu'il te manque quelques notions.

La porte s'est refermée sur mes excuses piétinées.

La mousse à raser pleuvait dans la cour. La dernière sonnerie de l'année courait le long des couloirs, poursuivie par des lycéens soudainement décidés à offrir leur meilleure performance au cent mètres. Entre les grilles s'égaillaient les atomes d'un soulagement invisible. L'été, grand ouvert dès le parking.

J'ai su en passant le portail que j'étais suivi. Derrière moi se tenait un groupe que je sentais se déplier comme une guirlande. Ils devaient être une petite dizaine, venaient comme moi de dire adieu à la classe de seconde et avaient apparemment décidé de fêter ça. Surtout, ne pas se retourner. Avancer normalement pour forcer les choses à rester normales. Siffloter dans ma tête en entrant dans cette petite rue que je ne prenais jamais mais qui se présentait actuellement comme ma seule option, au bout de laquelle disparaissait la nuque rosée d'un homme précédé d'un chien.

Un premier coup m'a heurté au niveau de l'arrière du genou et du numéro 8 bis. Un deuxième m'a cueilli de la pommette au coin des lèvres. J'ai transformé de justesse un début de chute en début de course, au milieu de voix indistinctes. Mon sac rebondissait dans mon dos, lest abandonné sans me retourner en déchirant au passage le col de mon T-shirt.

En débouchant sur une placette, j'ai vu le bus qui approchait de l'arrêt suivant – sprint final. Je me suis engouffré juste à temps par les portes arrière. Je n'avais pas de ticket et plus d'argent pour m'en acheter un. Surtout, j'étais dans un état lamentable : mon T-shirt était déchiré, ma lèvre fendue avait laissé couler quelques gouttes de sang sur mon col, et une douleur infernale sous mon œil me laissait penser qu'une zone de peau avait déjà eu le temps de gonfler et de virer au rouge, sinon au pourpre.

Je me suis assis au fond, à l'abri des regards. Tassé sur mon siège, je me suis senti d'une vulnérabilité intégrale. Il n'y avait plus en moi que du mou, que du friable, un être spongieux qu'on aurait pu écraser sans même s'en apercevoir.

Je n'ai pas entendu tout de suite les chuchotements. Au-dessus d'une rangée de sièges, à quelques places devant moi, trois ou quatre filles se retournaient à intervalles rapprochés. Des ricanements enflaient. J'ai distingué le mot *pointeur*, d'abord à voix basse puis hululé dans ma direction, ce qui redoublait les rires. Un gros nœud se formait quelque part entre ma gorge et ma poitrine.

— Faut partir.

La déléguée des filles se tenait devant moi, campée dans un jean à pattes d'éph et une veste à col fourré. Ses lunettes grossissaient un regard parfaitement fixe. Je la reconnaissais vaguement ; avec horreur, j'ai réalisé qu'elle n'avait pas plus de treize ans.

Je suis allé attendre au niveau de la porte arrière. Ses copines me regardaient en prenant des poses de caïds. C'était sûrement la première fois qu'elles étaient dans une position de domination aussi évidente. Parfois, la pression était trop forte et leurs yeux se décollaient de moi pour s'échapper par la fenêtre ; puis elles se rappelaient qu'elles étaient du côté de la justice et moi du crime et leurs traits enfantins se remodelaient en masque narquois.

Arrivés à l'arrêt suivant, nous étions encore loin de chez moi. J'avais peur de sortir, peur de tomber à nouveau sur la bande de tout à l'heure. J'ai reculé, l'air de rien, pendant que le bus se remettait en marche.

— Non mais faut que tu partes, on t'a dit.

La fille me fixait d'un air dégoûté. Ses créoles se balançaient au bord de ses joues épaissies par le fond de teint. Ses cheveux avaient été tirés en arrière, plaqués à coups de laque et ramassés en un chignon dont rien ne dépassait. Treize ans maximum. Peut-être douze.

— En plus tu fais ça devant les gens, t'as pas honte.

La déléguée commençait à parler plus fort.

— Excusez-moi, ce gars-là il a agressé une fille du collège, vous trouvez ça normal ? Vous trouvez ça normal franchement ?

Silence indécis. La plupart des gens se renfonçaient dans leur fauteuil et regardaient par la fenêtre. Les filles, enhardies par leurs propres voix, se sont levées. Elles avançaient, je reculais. Les passagers autour s'écartaient comme la mer Rouge. J'ai fini par atteindre la vitre avant, entre la porte et le siège du chauffeur. À l'arrêt suivant, les trois m'ont poussé dehors d'un seul coup, entre deux petites vieilles agrippées à leur sac. Les portes se sont refermées sur le visage inexpressif de mon père dans sa cabine, regard dissimulé derrière ses verres rendus opaques par l'éclat du soleil.

Le soir même, sa pauvre silhouette voûtée sur le bord de mon lit. Sa pauvre figure penchée vers moi, ses verres à double foyer plongés dans les miens. Sa pauvre voix, plus basse et grumeleuse que d'habitude pour bien me signifier que nous avions une discussion entre hommes. Ses pauvres mots, piochés dans le lexique de la sécurité routière : dans sa bouche, les femmes pouvaient mettre un panneau stop, lever la barrière de sécurité, exiger qu'on ralentisse ou qu'on accélère, actionner les warnings. Ses pauvres mains, grandes et gauches, qui étayaient un discours si confus que je n'ai pas su en deviner la finalité avant de le voir déplier un préservatif sur son index levé, tout en m'enjoignant de toujours rester *prudent au volant*. Sa pauvre satisfaction quand il s'est levé, s'est frotté les paumes sur le jean et a fini par me laisser, persuadé d'avoir rempli son devoir éducatif.

Pas un mot à propos de la scène du bus. Souvent, les pères font ainsi : ils effacent certaines régions de la réalité et ne gardent de celle-ci que ce qui permettra à leurs paroles préparées de s'accrocher à quelque chose. Le mien avait dû comprendre qu'était venu le temps, pour moi, d'avoir des problèmes avec *les filles*, et m'avait donc servi son sermon sur *les filles*. Tant pis pour les approximations.

Par la suite, il a pris l'habitude de m'appeler pour regarder *Alerte à Malibu*. Il faisait un petit bruit satisfait quand retentissait le roulement de batterie mêlé au bruit des vagues qui annonçait le générique. Au moment où l'écran s'emplissait d'une foule de baigneuses courant sur le sable, il se tournait vers moi pour me faire un clin d'œil.

Ma mère a fait à peine plus d'efforts.

Un soir, un peu avant le dîner, trois petits coups sur la porte de la chambre. Elle est entrée dans la pièce d'un pas un peu hésitant, regardant autour d'elle comme si elle découvrait les lieux. Je lisais sur mon lit. Elle a amorcé un geste pour s'asseoir au bord, et a finalement fait un pas en arrière pour se laisser tomber sur celui d'Emmanuelle. Le temps de trouver comment commencer, elle a méthodiquement déplacé les peluches pour les ranger sur le lino, au pied du lit. Tartine l'éléphant, Titi le dauphin, Ninette la licorne, Picasso le dinosaure.

— J'ai entendu parler de toi par la voisine. Il paraît que tu as embêté une fille.

Je n'aurais parlé qu'en présence de mon avocat.

— Ça s'est passé à une fête, c'est ça ? Tu avais bu ?

Silence, toujours.

— Quand on a bu, ce sont des choses qui peuvent arriver. Ce n'est pas forcément grave. D'ailleurs Louis-Baptiste t'a défendu, il a dit que tu n'avais presque rien fait et que la fille avait exagéré.

Un sursaut d'indignation dans ma poitrine. J'ai voulu me défendre, dire « c'est lui » – mais le [s] s'est entortillé dans ma gorge et je suis resté bloqué avec un sifflement de serpent entre les lèvres. Ma mère s'est penchée vers moi.

— Chut. Je comprends. C'est pas ta faute.

Elle m'a fait un sourire emprunté, s'est levée.

— Je suis contente qu'on ait eu cette discussion.

Les jours suivants, j'ai remarqué sa façon de me servir des portions de nourriture proprement ogresques. Est apparu un geste nouveau : une caresse rapide au coin de ma mâchoire où commençaient à poindre quelques poils encore doux. En revanche, son flot de paroles s'est tari. Transformations légères, presque imperceptibles, qui me donnaient tout de même à penser qu'on me considérait différemment.

Plus tard, j'ai compris que cet épisode avait apporté à mes parents la preuve que j'étais en possession de ce qui ne s'était jamais manifesté jusque-là :

une virilité. J'étais un vrai garçon, conforme à ce que faisaient les vrais garçons – ainsi que le sous-entendait ma mère à propos de mon père quand elle le surprenait, dans la rue, à reluquer n'importe quel décolleté ; « c'est bien un homme, celui-là », disait-elle en lui passant amoureusement une main dans le dos. Voilà ce qu'elle devait penser de son fils, qu'on accusait de quelque chose qu'il n'y avait pas besoin de chercher à comprendre : c'est bien un homme, celui-là.

*

La France a gagné la Coupe du monde – maillots retroussés sur la tête, glissades sur les genoux, index pointant tous les côtés du ciel –, le mouvement des chômeurs a fait plier Jospin – images, aux infos, de bâtiments administratifs occupés –, le Tour de France a été interrompu – grève des cyclistes protestant contre les enquêtes antidopage –, le navigateur Éric Tabarly est mort tragiquement et son corps a été retrouvé plus d'un mois après sa disparition, au large de l'Irlande.

Le monde tournait, indifférent et lointain.

Sur la place, on avait résolu de m'ignorer. Je dépassais l'arbre tordu sans m'arrêter, ne saisissant au passage qu'un regard glissant de mon ancien ami. Il était maintenant cul et chemise avec Elby, sous le bras duquel se pressait Katell Le Men elle-même. Elle soutenait mon regard avec l'air de vouloir me jeter une malédiction et se renfonçait dans l'étreinte de Giacomazzi, qui m'adressait un doigt d'honneur souriant.

À cette époque, je n'osais pas encore détester les gens. J'étais trop inquiet qu'eux me détestent, trop inquiet de ne pas leur convenir. J'étais prêt à me renier dix fois avant d'admettre que je pouvais avoir raison et que d'autres puissent avoir tort.

Pourtant, dans le secret de mon lit, enveloppé des ronflements de ma sœur, je m'autorisais à détester. Je détestais Giacomazzi, qui dormait juste en dessous de moi, dans une grande chambre individuelle où les filles avaient défilé. Je détestais Innocent, qui n'avait pas hésité à piétiner notre amitié pour suivre le sens du vent. Je détestais les lieutenants, nuage indistinct de ricanements et de regards vides. Je détestais les filles du bus. Et je détestais Katell Le Men.

Mes mains étaient sûrement la partie de mon corps que je préférais – ou plus exactement : la seule partie de mon corps que je trouvais belle. Longues, fines. Des mains de pianiste, disait ma mère qui aimait reconduire les clichés. Quand je tournais les pages de mes livres, j'avais souvent une seconde d'arrêt devant ma propre main, posée sur le papier, anguleuse et sereine comme une grande araignée. Je la trouvais gracieuse.

Katell Le Men faisait des cauchemars en imaginant ces mains-là posées sur son corps. Katell Le Men avait raté le lycée pendant presque une semaine, tant elle ne voulait pas revoir ces mains et leur propriétaire. Katell Le Men avait peut-être visualisé ces mains-araignées entre deux haut-le-cœur, tordue au-dessus des toilettes.

Katell Le Men me détestait, peut-être avais-je donc le droit de la détester moi aussi.

Pour occuper le temps que me laissait cette perte complète de toute vie sociale, je m'étais mis à écrire. Quelques poèmes, pour touiller ma peine, mais surtout des histoires qui mettaient en scène Katell Le Men. Comme le méchant d'un cartoon, il ne lui arrivait que des catastrophes : elle tombait dans un égout, passait à travers un mur en y laissant un trou en forme de Katell Le Men, se faisait lentement dépecer par un ou plusieurs assassins nordiques. Et chaque fois, elle ressuscitait pour se faire martyriser de nouveau.

Il me fallait deux fois plus de courage qu'avant pour sortir de la maison. Il fallait que j'étouffe pour de vrai, il fallait que la simple voix de ma mère se mette à ressembler au crissement d'un ongle sur un tableau noir pour que je me force à m'aventurer sur le balcon, à descendre l'escalier extérieur sans un regard vers le salon des voisins, à traverser la place en me cachant et à prendre le chemin bitumé vers le Bois-Charmant. Mes pas se dirigeaient d'eux-mêmes vers la clairière et j'étais obligé de me reprendre, de bifurquer ailleurs. Traqué, je courais me cacher derrière un arbre quand je croyais entendre quelqu'un.

— Je sais que t'es là. Je vois tout. T'as aucune chance.

La voix portait, ricochait entre les troncs. J'entendais le bruissement des pas dans les fougères. Je me collais à l'écorce, me recroquevillais entre les racines, je fermais les yeux comme un enfant.

— Trouvé.

Les mains sur les hanches, Annabelle me toisait depuis ses hauteurs. Ses cheveux noirs coulaient de sa bombe sur ses épaules, son sourire laissait voir l'adorable chevauchement de ses canines. Elle s'asseyait à côté de moi et commençait le jeu des mots.

Annabelle, le seul élément de ma vie qui n'avait pas changé. J'avais quinze ans, elle presque dix-neuf. Les menus événements d'une vie d'adolescent devaient avoir pour elle la même insignifiance que les moucherons gravitant autour des yeux de sa monture. Son regard était le même que depuis toujours, distance bleutée, archipel flou, dans lequel je me voyais comme un genre de petit cousin. Elle s'allongeait à côté de moi pour se dessiner des tiges fleuries sur les avant-bras et regarder le ciel qui se découpait en myriade de triangles blancs à travers les feuillages. De ses cheveux se détachaient des nuages olfactifs de fleur d'oranger.

— Qu'est-ce que tu veux faire quand tu seras grand ?

— Aucune idée. Et t-toi ?

Malgré l'écart d'âge, la question n'avait pas l'air de la surprendre. Après son bac, elle ne s'était inscrite nulle part. Elle traînait toute la journée entre sa chambre et le bois, son club de théâtre et l'équitation suffisaient à remplir sa vie.

— Je ne sais pas. Mes parents voudraient que j'aille à la fac mais ça ne m'intéresse pas. Et je suis trop grande pour être jockey. Je ne peux même pas être lad-driver ou assistante d'entraînement. «En ce domaine, la génétique n'a pas joué en ma faveur.»

Elle prenait la voix de Scar dans *Le Roi lion*.

Un jour, j'ai osé rassembler mes forces pour lui poser la question.

— P-p-pourquoi t-tu v-v-veux pas être adulte?

Elle était en train d'empiler des pierres de tailles décroissantes, donnant naissance à un petit cairn chancelant. Je l'ai vue froncer les sourcils, refroidir son regard.

— Ce n'est pas que je ne veux pas être adulte.

— C-c'est quoi alors?

— Les garçons m'ennuient, le maquillage me gratte, je n'aime pas mettre de robe, je n'aime pas la lumière des cabines d'essayage, je n'aime pas perdre de temps dans la salle de bains, je trouve que tous les parfums puent, je veux pouvoir manger ce qui me plaît, je n'aime pas que n'importe qui regarde mon cul, je n'aime pas qu'on m'appelle mademoiselle ou ma belle ou «miss», je n'aime pas qu'on me dise ce que je ne peux pas faire ou ce que je ne peux pas dire.

Ses yeux ne quittaient pas la pierre du haut de la pile. Un fil invisible était tendu entre cette pierre et ses pupilles.

— Tu as raison en fait, je ne veux pas être adulte.

— M-mais on est plus libre quand on est adulte q-que q-quand on est enfant.

Sur moi, la stupéfaction bleue de son regard.

— On voit que tu es un garçon.

D'une pichenette de l'index, elle a renversé le cairn. Je me suis mordu les lèvres. Puis elle a ajouté, deux tons plus bas :

— Vous qui ne savez pas combien l'enfance est belle, enfant, n'enviez point notre âge de douleurs, où le cœur tour à tour est esclave et rebelle, où le rire est souvent plus triste que vos pleurs.

Une petite lumière s'est allumée dans ma tête. J'avais déjà lu ces mots-là.

Puis elle s'est levée, a tendu une main parodique vers le ciel et une autre vers moi, les jambes fléchies comme un clown ou une danseuse :

— Votre âge insouciant est si doux qu'on l'oublie ! Il passe, comme un souffle au vaste champ des airs, comme une voix joyeuse en fuyant, affaiblie, comme un alcyon sur les mers.

C'était sa posture de théâtreuse. Moi, je fouillais dans ma mémoire. Un volume cartonné à la couverture bleu nuit, enluminée de lettres d'or, portant sur la page de garde quelques pattes de mouche crayonnées par la main de l'oncle Michel.

— C'est V-v-v-v, vvvv…

Son sourire patient, sa façon de confirmer d'avance en hochant la tête.

— V-v-v-Victor Hugo.

— Ouiii ! Vous avez gagné un dictionnaire Larousse ainsi qu'un voyage pour deux personnes.

Annabelle : drôle et poétique. Le soir même, j'ai regardé dans le dictionnaire Larousse de mes parents. *Alcyon* : oiseau mythique des légendes grecques, considéré comme oiseau d'heureux présage.

Sans être particulièrement superstitieux, et parce que ce n'était pas la meilleure période de ma vie, j'ai décidé de croire à cet heureux présage.

Au lycée, mon casier débordait d'offrandes. J'y trouvais tantôt un pigeon mort, tantôt une merde fraîche déposée dans une copie double, tantôt mon propre cahier de math lacéré et couvert d'insultes. Les deux mois d'été n'avaient effacé la mémoire de personne ; des *pervers* et *pointeur* m'escortaient dans les couloirs, des pieds anonymes m'atteignaient aux fesses et aux jambes. Derrière la fenêtre du CDI, les filles avaient arrêté de se tresser les cheveux pour me faire des bras d'honneur. J'étais le sujet d'un certain nombre de maximes tracées au blanco dans les toilettes des garçons. Bizarrement, j'y découvrais des soutiens ; entre des imprécations du genre POINTEUR CASS TOI ou MOR O PERV se lisaient des choses comme BERNARDO ON & AVEK TOI ou même ON EST TOUS D POINTEUR.

J'étais devenu un genre de célébrité. Giacomazzi avait joué de son influence pour faire de moi le nouveau souffre-douleur, accrochant à mon nom une autorisation de se défouler qui passait pour un juste châtiment. Fini l'anonymat : j'avais une existence, un statut, un rôle à jouer.

Le CPE m'avait convoqué. Le harcèlement scolaire était son combat, comme en témoignaient de nombreuses affichettes punaisées aux murs de son bureau. Il avait bien remarqué que j'étais *pris pour cible par mes camarades*. M'invitant à faire le récit de l'épisode, il l'avait immédiatement regretté. Chaque butée de ma bouche sur une consonne trop dure réveillait autour de ses paupières un tressaillement minuscule. J'avais regardé son front rougir d'embarras jusqu'à ce qu'il m'arrête au beau milieu de l'histoire, feignant d'avoir tout compris d'avance. Il avait alors pris une grande inspiration pour me servir un sermon du même genre que celui de mon père : les garçons et les filles ne se comprennent pas toujours, les garçons sont les garçons, les filles sont les filles, et surtout il faut se protéger. Au moment de partir, il m'avait adressé un sourire complice en me disant : « Je suis sûr que ça s'arrangera avec ta petite copine. »

Chaque été, ma famille regardait *Fort Boyard*. Chacun s'excitait sur le canapé, ma sœur piaillait en dégringolant par terre toutes les cinq secondes, ma mère commentait les épreuves en continu et s'étranglait d'angoisse au moment où un candidat était jeté dans la fosse aux serpents – ce qui arrachait à mon père un ricanement qui sous-entendait qu'il aurait, lui, triomphé sans problème. Parfois, un membre de l'équipe était désigné par les autres pour aller au cachot. Il était emmené par la Boule, geôlier patibulaire et mutique, et les autres candidats avaient beau lui envoyer des messages de soutien par caméra interposée, le prisonnier croupissait tout seul dans sa cellule jusqu'à la fin de l'émission. J'avais toujours peur qu'ils partent avec leur T-shirt plein de pièces d'or et qu'ils l'oublient. Surtout que je n'avais aucun doute, quand mes parents et ma sœur s'imaginaient faire l'émission, sur le fait que je serais tout désigné pour finir au cachot.

Le lycée avait lui aussi son équivalent du cachot. Au milieu des deux mille élèves anonymes s'ouvrait un cul-de-basse-fosse, un abîme où étaient régulièrement jetées de nouvelles victimes qui en porteraient l'odeur jusqu'à la fin de leur scolarité. Ceux-là étaient les cas soc'. Célèbres pour leur disgrâce, pour leur détresse, pour la permission donnée à tous de leur faire encaisser des humiliations jusqu'à plus soif. Ils s'appelaient T'as-chaud, Zaza, Golmon, rasaient les murs et vivaient tête baissée. T'as-chaud avait des joues rouge écrevisse, Zaza était efféminé ; voilà à peu près à quoi se résumaient leurs crimes.

Exilé dans les toilettes du fond de la cour, je rejoignais symboliquement leurs rangs. Voûté sur un trône fissuré, je mordais dans un sandwich au jambon en écoutant les cris, amortis par la distance et l'écho, de ceux qui jouaient au foot sur le terrain d'athlétisme.

Bien sûr, la honte et l'isolement ne suffisaient pas à faire taire la grande obsession – grande obsession ravivée par tout et n'importe quoi, une perspective profonde aperçue au creux d'un décolleté trop plongeant, un cœur brodé sur les fesses d'un jean, la ficelle d'un string dépassant sur une hanche, ou même le savon liquide des toilettes, parfumé à la fleur d'oranger. Avant de m'enfermer dans mon cabinet habituel, j'en ponctionnais quelques centilitres dans un tube à essai volé en cours de physique-chimie. Une fois dissimulé des regards, je faisais naître dans ma paume l'enveloppe olfactive d'Annabelle qui réalisait tous mes fantasmes.

J'étais donc occupé à faire subir à mon fantôme odorant les pires outrages le midi où j'ai entendu une voix m'appeler derrière la porte. Une voix de garçon, rendue instable par la mue, et que je ne reconnaissais pas. Surtout, une voix qui m'avait appelé Camille plutôt que pointeur ou Bernardo. J'étais trop affairé pour répondre mais le gêneur a insisté.

— Je sais que t'es là. Tu viens toujours là.

Arrêt complet de la machine.

— Tant pis pour toi si tu veux pas répondre. Mais prends ça quand même.

Une page de cahier déchirée s'est glissée sous la porte. Une adresse y était inscrite, une date, une heure, dans une graphie qui m'était familière.

Le samedi suivant, à seize heures, j'ai donc sonné à la porte d'un pavillon anonyme. Je n'avais pas la moindre idée de chez qui je me trouvais.

— Ah, tu dois être Camille, a dit une petite femme grisonnante avec un sourire maternel. Monte, ils sont en haut.

J'ai remercié muettement. À l'étage, un couloir présentait quatre portes fermées dont une était recouverte d'un poster de Lara Croft grandeur nature, avec son mini-short marron, ses deux revolvers aux hanches, et son débardeur vert prêt à exploser. Timidement, j'ai toqué sur la poitrine de papier.

Les joues ont clignoté rouge dans la pénombre de la chambre.

— T'es venu, c'est trop cool.

La voix de T'as-chaud se résumait à un croassement tant sa mue était violente. Deux autres silhouettes peuplaient la pièce aux rideaux tirés, un liseré de lumière électrique déposé au bord de leurs visages par un gros écran de télé où s'affichait un jeu de combat mis en pause. La chambre était vaste et technologique : un bureau large comme celui du docteur Schmid accueillait un moniteur d'ordinateur aux courbes futuristes, et l'énormité de l'écran de télé aurait fait battre le cœur de mon père. Au mur, une tenture noire piquetée d'étoiles et traversée par deux sabres laser croisés. Au sol, une moquette piquetée de miettes de chips. J'ai reconnu Zaza assis sur un tabouret à roulettes, une manette à la main. Son adversaire était assis en tailleur directement par terre. Aperçu au lycée, inconnu de mes services.

— Zacharia, Luc. Et moi c'est Fabian.

Puis, en tendant la main vers moi à l'intention des autres :

— Camille. Vas-y, pose-toi où tu veux.

Je me suis assis sur un pouf tricolore qui ressemblait à une grosse balle de jonglage. On a commencé par remettre le jeu en route pour finir la partie. Luc avait un compte à régler avec Zacharia, à base d'uppercuts vrillés et de mawashi geri surhumains dont les impacts produisaient des gerbes d'étincelles rouges et vertes. T'as-chaud m'a tendu un paquet de chips, un ticket d'entrée moins douloureux que l'indienne.

— Bon, a-t-il fini par dire une fois que Zacharia a réduit Luc en un tas de bouillie sanglante. Merci d'être venu. Ça faisait longtemps que j'avais envie de te voir.

Il se donnait un air important, les deux mains sur les accoudoirs de son fauteuil de bureau.

— J'ai entendu parler du truc du poney club, comme tout le monde. C'est dégueulasse. C'est juste un tas de gros hypocrites. Tout le monde aurait fait comme toi. Normal.

— T-tu sais ce qui s'est passé ?

— Je sais que Giacomazzi est un gros fils de pute. Tu t'es fait piéger.

Une palpitation de reconnaissance m'a pincé le ventre.

— C-c-comment tu sais ?

— C'est un pote à lui qui l'a dit à un mec de ma classe. Il trouvait ça hilarant.

De Zaza s'est échappé un *pfff* découragé.

— Y en a d'autres qui savent, mais ils s'en foutent. Moi je m'en fous pas.

— T'es trop un justicier, a ricané Luc sur le bord du lit.

Des taches de rousseur traversaient son visage en diagonale, accompagnées par un duvet clair aux poils longs.

— Ici c'est la résistance, a complété Zaza avec un rire du nez.

— On ne fait pas partie des gens cool, a repris T'aschaud. On ne fait pas partie des gens populaires. Et alors ? On a le droit de vivre aussi, non ?

Luc et Zacharia ont levé un poing mi-ironique mi-sincère. On m'a tendu une manette destinée à me faire perdre un duel avec le maître des lieux, et un quart d'heure plus tard, sa mère nous appelait d'en bas pour nous donner la mission d'exterminer une pile de crêpes tièdes.

J'avais de nouveaux amis.

Après quelques mois, je nous appelais la cour des miracles et ça faisait rire tout le monde. Nous faisions des blagues sur notre façon d'être toujours environnés, à Van Gogh, d'un champ de force qui empêchait quiconque de s'approcher à moins de trois mètres. Il fallait imaginer la cantine vue du dessus : les longues tables pleines à craquer et la nôtre, autour de laquelle notre simple présence creusait dans la foule un cercle parfait.

Luc croyait au karma et soutenait que nous serions forcément vengés un jour ou l'autre. Lui, par exemple, se voyait très bien devenir riche. Il se débrouillait en informatique et prévoyait de mettre au point un programme qui révolutionnerait le domaine pour s'implanter dans les ordinateurs du monde entier. Bill Gates était le modèle ; Luc se croyait voué à partager le même destin. Pour le moment, il habitait avec sa famille dans une tour voisine de celle d'Innocent mais ne doutait pas que leur T3 au lino décollé finirait par laisser place à une villa dallée de marbre. Il nous décrivait aussi sa piscine, son hammam, la piste de décollage de son hélicoptère privé, ainsi que l'escouade d'esclaves sexuelles qui rempliraient la mission d'assouvir des fantasmes dont il nous exposait les détails les plus crus, une main sur l'entrejambe pour se contenir. Fabian et Zacharia souriaient aux anges.

Zacharia se voyait plutôt chanteur. Sa mère l'avait habillé en sosie miniature de Claude François jusqu'à ses onze ans, perruque incluse. Elle lui avait appris à se déhancher devant la glace, à ciseler son regard, à regarder n'importe quelle foule comme un public potentiel. Elle avait même poussé le vice jusqu'à le faire participer à des concours où s'affrontaient de jeunes clones de stars en tout genre. Les Elvis et les Johnny étaient nettement surreprésentés, mais la raison la plus plausible des échecs répétés de Zacharia dans ces compétitions tenait probablement à son ascendance tunisienne. Sa mère avait beau essayer de le blanchir au coton trempé dans du jus de citron, le jury n'était pas dupe. Elle criait au racisme et ça n'y changeait rien. En sixième, il avait voulu venir avec son déguisement au collège. Son col pelle à tarte avait fini constellé de sauce tomate, son pattes d'éph découpé en lanières. Il était devenu Zaza et le resterait jusqu'à la fin de sa scolarité.

Fabian était le chef. Il avait de longs cheveux noirs qui fourchaient sur les épaules, des yeux gris coiffés par des sourcils bas, une bouche fine et pincée, féminine, posée au-dessus d'un menton presque absent. Sur la défensive en permanence, il parlait vite et articulait trop. Il aimait discourir, couvrant un champ qui allait des cinématiques de *Final Fantasy* à la mort de Kurt Cobain, citant du Nietzsche approximatif et des préceptes de développement personnel. Il n'arrêtait pas d'échafauder des théories, agitait un petit filet d'analyse avec lequel il cherchait à tout attraper, tout expliquer à coups d'analogies animalières, tissant d'incessants parallèles entre les humains et les loups. Comme chez les loups, les hommes se divisaient en type alpha, bêta, oméga. Nous, évidemment, étions des oméga, les derniers mâles de la meute, condamnés à s'écraser, à se soumettre, à ronger les os des proies déjà dévorées.

Je ne savais jamais s'il fallait le prendre au sérieux. À tout hasard, je riais du nez.

Nous passions notre temps dans sa chambre, occupés à nous fracasser mutuellement le crâne par manettes interposées, à nous gaver de Prince et de crêpes. À l'extérieur Fabian était martyrisé, chez lui il était divinisé. En l'absence de père, il était le seul réceptacle de l'amour maternel et en explorait les profondeurs pour en ramener des cadeaux trop chers, consoles, jeux, magnétoscope. Il a été le premier d'entre nous à avoir un téléphone portable, qui ne vibrait qu'aux appels de Maryvonne depuis le rez-de-chaussée. Le premier, aussi, à posséder un ordinateur et une connexion Internet en 56k grâce à laquelle nous regardions apparaître, pixel par pixel, des Vénus déshabillées qui s'introduisaient dans le corps toutes sortes d'objets cylindriques.

La chambre était notre territoire, et l'extérieur était hostile. L'air du dehors nous inquiétait, petit troupeau perturbé par la permanente probabilité d'un orage. Avoir subi les coups et les humiliations n'avait endurci personne ; au contraire, nous en déduisions quelque chose sur notre place dans l'espace public. Par habitude acquise, chacun rabiotait son espace vital, évitait de s'asseoir dans les transports, n'occupait que des interstices. Dans les galeries marchandes, nous prenions d'instinct une attitude soumise, obéissant à l'étiquette de victime qu'on nous avait collée sur le front. Des bandes de garçons en blouson de cuir ou survêtement sifflaient en passant à côté de nous, prenaient une voix de fausset pour hululer « salut les pucelles ». Une jolie troupe : Fabian, toujours en noir dans des sweats larges aux inscriptions cryptiques, Zacharia, le plus petit et le plus frêle, qui nourrissait une passion pour les blazers en velours côtelé trop grands pour lui, Luc, gras de ventre et de cheveux, duvet trop long, tenues aléatoires choisies par sa mère – et moi, torse creux, pieds en dedans, regard au sol. Parfois, l'un de nous osait se soulever dans les escalators comme sur des agrès. Il battait des pieds dans le vide en regardant les autres, croyant prouver l'existence d'un reste de liberté.

Nous allions à l'UGC, à côté de Parly 2, pour voir des films de science-fiction. Tous les trois, ils adoraient les vaisseaux intergalactiques, les androïdes, les planètes lointaines. Ils étaient capables de tenir, des heures durant, des conversations sur *Star Trek* auxquelles je ne comprenais rien.

Mais le film qui nous unissait tous, le film qui était glissé chaque mois dans le magnétoscope de Fabian et entraînait systématiquement un visionnage religieux, ce film ne contenait ni vaisseaux ni planètes lointaines : c'était *Fight Club*. L'histoire était celle d'un pauvre type qui finit par lever une armée de pauvres types grâce à une forme étrange de schizophrénie qui révèle en lui un mâle alpha inarrêtable. Joué à la fois par Edward Norton et Brad Pitt, Tyler Durden passait d'esclave au service d'une société déshumanisante à révolutionnaire, combattant, champion au lit. Nous étions fascinés.

— Il y a un Tyler Durden en chacun de nous, répétait Fabian à la fin du générique. Puis sa mère entrait, les bras chargés de gaufres, et il attendait qu'elle soit repartie pour dire, en imitant Brad Pitt : « nous sommes une génération élevée par des femmes, je ne suis pas sûr qu'une autre femme soit la solution à nos problèmes. »

Éclats de rire.

Dans notre monde, rien n'était plus omniprésent que les filles. Elles auraient pu être cachées dans l'ombre, à scruter nos faits et gestes, qu'on ne se serait pas comportés autrement. Nous vivions sous le regard supposé de filles abstraites, nombreuses et indéfinies. Elles étaient comme une guerre qu'on redoute de devoir mener : présentes partout sans être nommées directement.

En réalité, elles n'étaient nulle part.

Dans l'attente de leur apparition, chacun était traqué par les autres sur les habitudes à perdre. Luc avalait bruyamment ses glaires, Zacharia se décollait les gonades en fourrant la main dans son caleçon, Fabian nous enfumait les narines avec des pets vicieux expulsés en secret.

— Faudra plus faire ça quand t'auras une copine.

Voilà comment était résumé le futur : *quand t'auras une copine*. Et il était évident pour tout le monde qu'en vue de cet avenir désirable autant qu'effrayant, il fallait que chacun opère en lui-même un certain nombre de modifications.

Fabian nourrissait l'obsession de se muscler. Tous les jours, il répétait de brèves séries de pompes et d'abdos. Il enlevait son T-shirt pour avoir notre avis.

— Et là ça se voit ?

Ça ne se voyait jamais. Sans être gras, son torse était parfaitement tubulaire, couvert d'un épiderme lisse qui ne laissait transparaître ni os ni muscle. Le torse de Brad Pitt était loin, ce qui n'empêchait pas Fabian de nous encourager à enlever nos propres T-shirts pour reproduire une forme allégée de certaines scènes. Le scénario de *Fight Club* pousse les hommes à se battre entre eux, sans autre motif que d'apprendre à le faire ; ainsi tenions-nous notre garde les uns face aux autres, à moitié nus dans la chambre de Fabian. Sans aller jusqu'à des affrontements sanglants, nous nous entraînions à donner et recevoir des coups de poing dans l'épaule, dans le ventre. Chacun se tordait de douleur en rigolant.

Le soir venu, trois matelas étaient jetés sur le tapis. Nous discutions sans nous voir ; voix chuchotées, rires graveleux, hennissements qui s'éteignaient aux pas étouffés de Maryvonne dans le couloir.

C'est là que j'ai raconté, pour la première fois, la soirée du poney club. Mon auditoire invisible était aussi attentif, aussi hypnotisé que celui d'Innocent. Pour eux, cette histoire ne faisait pas de moi un coupable mais un héros. Aucun d'entre eux n'avait connu ne serait-ce qu'un baiser ; moi, j'étais celui qui avais approché la peau d'une fille. Le lendemain, au petit déjeuner, Fabian m'a pris la main droite et a montré mon majeur :

— Ce doigt a *vu*.

Luc et Zacharia se sont inclinés avec un respect exagéré, mais pas tout à fait insincère.

Tous, nous étions descendus jusqu'à ces abysses sociaux où les amis ne se choisissent plus, où l'affection va directement à ceux que l'on croise. Notre rapprochement était voulu par les lois de l'espèce.

— Les exclus d'une société font quand même partie de cette société, disait Fabian en ouvrant au fond du jardin une bouteille de Smirnoff clandestine. Ils lui sont utiles. Ils permettent aux autres de se sentir normaux. Et d'ailleurs, « ce n'est pas un signe de bonne santé mentale d'être adapté à une société malade ».

— Qui c'est qui a dit ça ?

— Un sage.

Il rotait un peu de vodka citronnée et faisait tourner la petite bouteille de trente-trois centilitres. Giacomazzi aurait hurlé de rire devant pareil breuvage, qu'il classait avec le Malibu et le Passoã parmi les alcools d'enfant – et que nous buvions en cachette après nous être tirés dessus avec des blasters en plastique, sous la surveillance de Maryvonne qui nous souriait inlassablement depuis la fenêtre du salon.

Il aurait suffi que je leur raconte mes sorties avec Annabelle pour me couvrir de gloire. J'étais tenté, ne serait-ce que pour découvrir le goût de la jalousie des autres. Mais quelque chose en moi résistait. Annabelle était ma propriété privée, comme l'avait été ma clairière.

Elle insistait pour m'emmener dans un café du centre-ville qui constituait l'unique alternative au PMU, arguant que je devais *voir le monde*. Une poignée de banquettes rouges et autant de tables rondes ; un monde pas bien grand. Elle se laissait systématiquement distraire au moment de passer commande, et je savais que c'était pour me faire parler. Bien sûr, elle faisait en sorte de choisir des boissons pleines de consonnes bien dures – café crème, cappuccino, caïpirinha. Je me sentais comme un enfant qu'on éduque.

On se retournait sur elle, souvent deux fois de suite, la première pour mesurer l'étendue des dégâts et la deuxième pour être sûr qu'on avait bien vu. Beauté du visage derrière les mèches emmêlées. Finesse des poignets peinturlurés de feutre bleu sortant des manches trouées. Affleurement des seins sous des sweat-shirts trop larges à l'effigie de Pearl Jam ou Nirvana. Rondeur presque imperceptible des fesses sous les jeans baggy.

Annabelle disait toujours qu'elle sortait incognito. Je commençais à comprendre qu'en fait de syndrome de Peter Pan, sa façon de s'habiller ne révélait rien d'autre qu'une envie de se cacher. Les cheveux dans les yeux, les habits de skateur, la manie qu'elle avait prise depuis des années de se dessiner au feutre sur les avant-bras, les mains ou même le visage, y compris en public, tous ces éléments étaient là pour lui assurer une sorte de panoplie, une bizarrerie censée lui servir de bouclier. Elle se déguisait pour qu'on lui fiche la paix.

J'étais bien placé pour constater que ça n'arrêtait pas les hommes. Au café, fréquemment, je sentais la chaleur oblique d'un rayon laser ; c'était le regard d'un de ceux que ça n'arrêtait pas, et qui ayant repéré l'anormale beauté de cette fille habillée comme un sac jaugeait le statut de son compagnon, projetant sur moi des hypothèses qui m'éclairaient en silence et débouchaient sur une probabilité de type petit cousin, petit frère, élève de soutien scolaire. Pas un danger en tout cas, pas un rival sérieux – non, pas avec cette brosse de cheveux douteuse comme une moquette, ces lunettes en cul-de-bouteille, ces poils trop longs au coin de la mâchoire qui essayaient de se faire passer pour de la barbe.

Alors ils venaient. Ils restaient debout, conquérants, m'évacuaient sans même avoir besoin d'y penser et proposaient à Annabelle un bouquet d'accroches servies toutes dents dehors, dans une espèce d'imitation de joie inattendue, de surprise radieuse : Je suis sûr qu'on s'est déjà vus, c'est marrant tu me rappelles une actrice, le cappuccino est super bon ici, ou tentaient carrément un prénom : Marine, c'est ça ? Laura ? Sarah ? Annabelle, voilà, Annabelle.

Elle, tendue tout de suite, le pissenlit au feutre bleu sur la main qui faisait le mort, les cheveux escortant le regard comme des mandibules et la voix qui sortait de sa bouche passée à la paille de fer. Une voix très différente de celle qu'elle avait d'habitude, d'intelligence artificielle ou de mauvaise actrice. Lui, forcément, ne s'arrêtait pas en si bon chemin et trouvait un moyen de rebondir, souvent de tirer une chaise et de s'asseoir avec nous pour discourir à peu près tout seul, puisque l'esprit d'Annabelle désertait aussitôt son corps, ne laissant que son enveloppe avachie sur la banquette en skaï, aussi vivante qu'un tas de vêtements. Le dragueur finissait par s'en aller, non sans abandonner une empreinte : son numéro de téléphone, une main posée sur l'épaule d'Annabelle, le souvenir de son eau de toilette qui demeurait en suspension avec nous – toutes ces choses dont elle ne voulait pas et auxquelles elle fit un jour une réponse générale, sortant de sa torpeur et répliquant à un trentenaire tatoué par un pet long et modulé qui le fit rougir, lui, et elle pas du tout.

Elle avait de ces brusques emportements que j'adorais ; pendant une seconde, elle oubliait toute convention sociale. Je l'avais déjà vue, presque sans raison, vider un ramequin de cacahuètes sur la tête de son frère, faire un doigt d'honneur à ma sœur dont les yeux s'étaient mis à trembler comme deux bols de gelée, fracasser contre un mur une bouteille vide venue rouler entre les sabots de son cheval. Cinq minutes plus tard, elle se confondait en excuses, disait : Je ne sais pas ce qui m'a pris.

Mes parents se satisfaisaient du cliché selon lequel les Italiens ont le sang chaud. Pour le prouver, il suffisait de raconter une énième fois comment la Peugeot du père Giacomazzi avait crevé la tranquillité d'un samedi ensoleillé en traversant la place à toute allure, deux roues dans l'allée et deux roues dans l'herbe, pilé devant le portail, comment Giacomazzi père avait bondi dehors sans refermer la portière et s'était engouffré dans la maison. Une minute plus tard, tous les voisins avaient pu assister à la fuite de l'amant, torse nu et en chaussettes, ses chaussures à la main. Insultes en italien beuglées à plein volume, chemise de l'amant brandie par le père furieux puis empalée au coin du portail. Une scène de vaudeville. Des dizaines de paires d'yeux scrutaient la scène depuis les fenêtres ou les pas de porte, frétillant de joie au moment où la femme adultère était sortie en peignoir, pâle comme la mort, avait posé la main sur le bras de son mari et encaissé en retour une gifle herculéenne.

Le détail dont je me souviens, moi, se concentre dans le sifflement que mon père avait laissé échapper en observant la scène depuis notre balcon. À côté de lui, ma mère avait demandé :

— Tu aurais fait quoi à sa place ?

— Je crois que j'aurais fait pareil.

Ce à quoi ma mère avait répondu un ton plus bas, et à ma grande surprise :

— J'espère bien.

Ce jour-là, j'avais compris que le spectacle offert par le père Giacomazzi prouvait qu'il maîtrisait parfaitement le métier d'homme.

Il arrivait que Fabian m'invite seul chez lui. Je ne lui montrais pas que j'étais honoré. Au contraire, je me la jouais désinvolte, comme si j'avais toujours été habitué à ce genre de distinction. Pas de serment d'amitié, pas d'expression des sentiments. Effacement total, même, d'un mot comme *sentiment*, petit tas de guimauve à réserver aux filles.

Nos ressemblances n'étaient relevées ni par moi ni par lui. La palpitation du ridicule concentrée dans la voix – la mue violente pour lui, le bégaiement pour moi –, le refuge dans la matière imprimée – les mangas pour lui, les romans de l'oncle pour moi –, une certaine connaissance de la littérature masculine sur papier glacé – *Maxim* pour lui, *FHM* pour moi –, le rejet féminin.

Son chagrin à lui s'appelait Clarisse. Une coïncidence astrale les avait maintenus tous les deux dans la même classe pendant sept ans. Amoureux dès la sixième, Fabian avait attendu ses quatorze ans et la pousse hésitante d'un duvet pour se déclarer. Il croyait alors à la force de la déclaration. Dans *Friends* et *Beverly Hills*, quand quelqu'un déclarait son amour, tout le monde écoutait avec un air bouleversé, et la fille tombait dans les bras de l'homme – l'homme qui paraissait soudain baigné d'une lumière héroïque, lui qui avait osé faire un pas hors de sa virilité pour exprimer ses sentiments, et la caméra zoomait sur son regard pudiquement détourné.

Le regard de Fabian était si pudique qu'il osait à peine croiser son propre reflet ; la déclaration se ferait par écrit. Juste un mot glissé dans le sac de cours, quelques phrases longuement pesées et soumises au jugement de Luc et Zacharia. Clarisse avait sanctionné le don de ces quelques paroles par un silence total – rehaussé cependant par l'incrédulité de ses copines, venues en délégation s'assurer que Fabian était bien l'auteur de cette modeste bafouille, que c'était bien lui, qu'il avait *osé*.

Sans bégayer, je répondais : Je te comprends mon pote. Je te comprends tellement.

Il racontait les sanglots dans la douche, l'impossibilité pendant plusieurs jours d'avaler autre chose que les Pepito laissés par Maryvonne devant sa porte, les pointillés tracés sur les poignets pour marquer l'endroit où il faudrait finir par planter la lame.

Il avalait du Nirvana en intraveineuse, *Something in The Way, Come as You Are, Rape Me.* Il s'était aussi mis à tenir un journal, promenant au-dessus des pages un doigt mouillé d'où s'écrasaient quelques gouttes qui diluaient l'encre comme des larmes. Il en parlait en rigolant ou en faisant semblant de rigoler, se traitant lui-même de pucelle ou de tarlouze.

Puis un jour, il avait découvert *Fight Club*.

Alors, la reconstruction : l'achat d'une paire d'haltères, d'un flacon de parfum Paco Rabane. Et surtout, la sublimation créative.

Il me montrait des dessins au stylo bille. Son trait était impressionnant, très sûr, très net, les lignes de force émergeant naturellement des crayonnés bleus. Le corps et le visage de Clarisse apparaissaient façon manga, les fesses et les seins surnaturellement gonflés, les yeux agrandis et pleins de reflets, les cordes lui ligotant les poignets soigneusement détaillées, comme les verges veineuses qui entraient en elle par toutes les voies d'accès possibles. Je connaissais Clarisse, elle était inscrite au poney club, rougissait dès qu'on lui adressait la parole et parlait avec une toute petite voix.

Je lui ai montré mes histoires, qu'il a adorées. Katell et Clarisse sont devenues deux poupées livrées à nos pulsions de vengeance. J'écrivais des scènes qu'il illustrait, dans une esthétique horrifico-pornographique qui s'imposait à nous. En les croisant au lycée, nous

nous sentions forts. Un regard entre nous suffisait à les imaginer à quatre pattes, enchaînées, ou suspendues à des cordes comme des jambons.

Un week-end, Fabian a eu une idée qui nécessitait des magazines, des ciseaux et de la colle. Il s'agissait de rechercher des typographies variées, de découper les lettres et de les associer dans un ordre nouveau. En tailleur sur la moquette de sa chambre, notre application enfantine contrastait avec le contenu du message, assemblé sur une copie double à grands carreaux, et le message lui-même contrastait avec les caractères bigarrés ; un T rouge en imitation de pochoir, un U orange aux extrémités enflammées, un P bleu sombre aux angles arrondis.

Quand les collages ont été terminés, Fabian a plié chaque copie dans une enveloppe. Nous avons attendu le soir et enfourché nos vélos avec l'impression d'être des gangsters. La ville s'ouvrait pour nous, déserte et ocellée de taches lumineuses. C'était une vengeance dérisoire, évidemment, pour la beauté du geste et pour le frisson – un frisson bien concret qui a coulé le long de mon échine quand j'ai glissé la première enveloppe dans la boîte aux lettres des Le Men. Devant la maison de Clarisse, alors que je me tenais plus ou moins caché derrière une rangée de voitures, Fabian a fait de même. Mais au moment où il aurait dû me rejoindre pour prendre la fuite, je l'ai vu hésiter. La maison était une construction de plain-pied cernée par un petit jardin, lui-même délimité par des haies touffues. Un large carré de lumière perçait l'obscurité du côté droit, là où devait se trouver un salon à baie vitrée. C'est de ce côté que s'est dirigé Fabian en longeant la haie, à pas lents et le dos courbé. Ses vêtements noirs, sa posture : impossible de ne pas le prendre pour un cambrioleur. La lumière venue de la maison tombait jusqu'au pied de la haie, ne laissant dans l'ombre qu'une étroite bordure herbeuse. Là se tenait Fabian. Il observait. J'imaginais la famille de Clarisse rassemblée sur le canapé, un saladier de chips ou de pop-corn voyageant de genoux en genoux. J'ai retenu un cri quand j'ai vu très distinctement ses deux pieds s'avancer dans la lumière. Il était éclairé jusqu'à mi-tibia. Je l'ai vu pivoter sur lui-même, tournant le dos à la baie vitrée, et une seconde plus tard j'ai entendu le crépitement mouillé de son urine. Il pissait dans la haie. Depuis la rue, je pouvais compter les plis que faisait son jean sur ses chevilles, je pouvais distinguer la marque de ses baskets et lui pissait dans la haie, juste devant la baie vitrée.

À l'intérieur, visiblement, personne ne s'est rendu compte de rien.

Fabian m'a rejoint en gloussant et nous avons attendu de passer le premier virage pour éclater de rire dans la nuit. J'en avais presque oublié les deux enveloppes.

De fait, nous n'en avons jamais entendu parler. Katell et Clarisse ne se connaissaient pas, le lycée était grand ; aucune raison pour elles de se rendre compte qu'elles étaient deux à avoir reçu le même message, assemblé avec des lettres découpées comme une lettre anonyme de film noir, et qui tenait de la blague bien plus que de la vraie menace. La formule désuète nous avait fait rire, le ton sentencieux, la grandiloquence de chevalier en croisade.

Tu périras.

Personne n'aurait pu prendre cette lettre au sérieux.

Ce qui était à prendre au sérieux, c'était la masse d'inconnu qui s'approchait de nous jour après jour et qu'en langue juridique on appelle simplement « majorité ». Être majeur, ce défi. Majeur donc responsable, majeur donc autonome, majeur donc averti. Dès l'entrée en terminale, Fabian avait adopté l'état d'esprit d'un sportif préparant les JO, et nous imposait plusieurs fois par semaine ce qui avait définitivement pris le nom de *séances Fight Club*. Les ecchymoses fleurissaient sur nos bras et nos épaules. L'idée était toujours la même : apprendre à encaisser les coups comme un homme doit savoir le faire. *No pain no gain*. La vraie vie arrivait à grands pas, cette vie dont on nous avait bien prévenus qu'elle était une chienne, une jungle, un agrégat monstrueux d'espoirs en lambeaux et d'échecs répétés.

Nos discussions se perdaient en projections d'avenir : Fabian visait une école d'ingénieurs, Zacharia des études de biologie, Luc un cursus en informatique. Mes propres résultats scolaires, cantonnés au ventre mou de la moyenne, me prédestinaient à l'université. Je comparais les filières, pesais les possibilités de débouchés, m'imaginais partout sans me voir nulle part.

La réalité était plus simple et plus inquiétante : une fois atteinte la majorité, personne ne savait à quoi s'attendre.

*

Luc a été le premier à passer le cap et s'est réveillé, un matin d'avril, dans la peau d'un adulte légal. Chaque détail de son apparence et de ses réflexions contredisait cet état de fait. Tout juste majeur et déjà en retard. Il était urgent de l'aider à se débarrasser de toute cette enfance qui l'emmaillotait comme une toile d'araignée.

En bon amateur d'informatique, Luc passait un temps fou à parler à des inconnus sur des forums. Un lien étrange, notamment, s'était tissé en quelques mois entre son avatar numérique (*Skywalker_78*) et une certaine Deborah (*DarkMy0s0tis*), jamais rencontrée mais sculptée mille fois dans l'argile de son imaginaire, invoquée mille fois pour racheter les déceptions du quotidien et encore mille fois de plus entre minuit et deux heures, au moment où la nuit entière était l'intérieur d'une culotte géante. Il en parlait en disant *ma chérie* et se persuadait d'incarner une variation moderne de Roméo ; dépourvu de connexion Internet chez ses parents, il n'avait pas d'autre choix, pour rentrer en contact avec elle, que d'utiliser la salle informatique du lycée ou le Macintosh de Fabian. Même, il lui arrivait de s'enfoncer dans Paris jusqu'au boulevard Sébastopol où se trouvait un cybercafé immense, pourvu de centaines d'ordinateurs. Là, il lui envoyait des missives à la ponctuation défaillante, bardées d'abréviations et de langage phonétique ; elle lui répondait sur le même ton – quoique plus succinctement, ce que Luc trouvait toujours le moyen de justifier en affirmant qu'elle était très occupée au lycée ou fliquée par sa famille et que de toute façon il lui faisait confiance et n'avait pas besoin qu'elle lui prouve son amour à coup de pavés interminables. Qu'elle ne réponde pas à ses *JTM* enflammés n'avait pas l'air de l'inquiéter.

Quelques jours après ses dix-huit ans, Fabian a réussi à convaincre Luc de proposer un rendez-vous à Deborah. Au cliché qu'il a osé envoyer (sans lunettes, bagues cachées sous lèvres scellées, regard au loin), elle a répondu par une photo d'elle, un peu floue, bizarrement cadrée, mais ne laissant aucun doute à propos de la chose cruciale : elle était jolie.

Il fallait accompagner le champion. Le rendez-vous était fixé à dix-huit heures dans un café de la rue du

Faubourg-Saint-Denis, où habitait Deborah. Le cœur de Luc battait sous sa chemise comme un tambour militaire, fort et fanatiquement, et nous le suivions au pas. Sa tenue navrante ne laissait aucun doute quant à son fantasme de se mettre dans la peau d'un futur marié ; sa garde-robe quotidienne étant ce qu'elle était, il avait fini par se rabattre sur le costume bon marché réservé aux réunions de famille. Le polyester d'un noir brillant flottait sur son dos et se gonflait comme une voile sous le vent de face qui balayait le quai du RER. Fabian répétait « t'en fais pas, ça va aller », et l'angoisse de Luc montait d'un cran à chaque nouvelle occurrence. Nous étions là en soutien : le plan était de s'asseoir à la même terrasse, dans son dos. Si tout se passait bien, il devait se tapoter l'épaule gauche avec la main droite, auquel cas nous opérerions un départ discret. Et si les choses ne se déroulaient pas aussi bien que prévu, c'est-à-dire si Deborah avait le mauvais goût de s'en aller ou de ne jamais apparaître, nous serions là pour ramasser les morceaux de Luc et les rassembler dans un sac hermétique, le temps qu'il se reconstitue.

La terrasse du Manara était couverte d'une grande bâche en plastique transparent, et presque vide. Nos trois demis s'éventaient en silence pendant que Luc, à dix tables de là, tournait vers nous des grimaces perlées de sueur. À dix-huit heures dix, Zacharia lança le pari qu'elle ne viendrait pas. Stressé comme une mère, Fabian répétait «évidemment qu'elle viendra» avec l'intention manifeste de formuler une prophétie autoréalisatrice. Puis il basculait dans le registre de la consolation: au moins on sera venus, au moins il ne se sera pas dégonflé, au moins personne n'aura de regrets. À dix-huit heures vingt, Zacharia qui avait fini son demi ferma les yeux, oublia toute présence humaine et se mit à chanter à voix basse un medley de Claude François qui avait le goût d'une défaite.

Moi, silencieux, je pensais à mon secret. Sans le dire aux autres, j'avais profité de l'élan de Luc. Comme lui, je m'étais dévoilé. Une lettre longue de trois pages recto verso avait recueilli les plus beaux mots, les plus belles phrases dont j'étais capable; une lettre écrite clandestinement, en pleine nuit, à la lumière d'une lampe de poche allumée sous la couette, labeur ponctué d'arrêts le temps de laisser passer les ruades de ma sœur endormie ou le pas de mon père dans le couloir; une lettre que j'avais fini par glisser en tremblant dans la boîte des Giacomazzi et qu'Annabelle reconnaîtrait à coup sûr pour ce qu'elle était à mes yeux: une preuve d'amour.

Un imprévu me fit sortir de ma rêverie. À l'autre bout de la terrasse, Luc n'était plus seul. Un inconnu s'était attablé devant lui, qui ne ressemblait pas beaucoup à la Deborah promise. Crâne rasé, perfecto rouge sang, tout à fait l'allure de nos persécuteurs habituels. Il va se barrer, chuchotait Fabian, il va se barrer et elle va arriver. Une déception totale recouvrait son visage.

Mais l'inconnu ne partait pas. Il poussait l'insolence jusqu'à s'installer carrément, une bière devant lui et déjà bien engagé dans ce qui ne pouvait être qu'un monologue aviné.

Un coup d'œil suppliant de Luc par-dessus son épaule nous persuada d'y aller.

— Bonjour, dit Fabian en réussissant un joli saut d'octave.

L'homme leva vers lui un regard aimable.

— Salut. (À Luc :) C'est ta garde rapprochée ? T'es venu avec ton gang ?

— Excusez-moi, reprit Fabian, mais mon ami attend quelqu'un.

— Ah bon ? Il attend qui ?

— Quelqu'un d'important.

— Ça veut dire que moi je ne suis pas quelqu'un d'important ?

L'homme porta la main à sa poitrine en nous faisant un regard outré avant d'éclater d'un rire de mauvais acteur, de se lever et de taper dans le dos de Fabian avec bonhomie. D'où sortait ce type ? Le fait est qu'il avait des épaules de vigile. Je vis venir le moment où le conflit allait devenir physique, et sentis que Fabian se disait la même chose. Être un homme consistait à savoir prendre des coups et en donner – l'idée allait se vérifier maintenant. Nos six poings contre ses vingt-huit phalanges.

Mais Luc marmonna quelque chose sans regarder personne, qu'il dut répéter.

— C'est lui. C'est Deborah.

Chacun fixa sans comprendre le nouvel arrivant. Il sourit et nous serra la main à tous les trois, d'un geste plein d'une étonnante douceur.

La semaine suivante, les pixels alignés sur le fond gris de mon portable tout neuf me disent : *rdv étang 18h*.

Il n'y a personne. Des calques de lumière orangée se déposent dans l'herbe. Au bord des roseaux, un canard file derrière une cane en creusant dans l'eau des stries qui se déploient comme des bras ouverts. Je fume en m'espérant beau.

Ma lettre a été lue. Elle a été lue et une réponse va venir, que j'attends de pied ferme. D'ailleurs j'aperçois la lectrice au loin, dans la pénombre du sous-bois. À mieux y regarder, sa silhouette légèrement rebondissante est accompagnée d'une autre, plus petite. On ne peut être sûr de rien à cette distance, mais il semble que cette deuxième silhouette essaie d'attraper la première par la taille. Elle se dégage, une fois, deux fois. Alors, l'autre s'éloigne – puis se ravise et revient. S'ensuit un dialogue au terme duquel la petite silhouette prend la grande par le bras ; elles changent de trajectoire, disparaissent derrière une futaie. Je ne distingue plus rien, et même s'il me serait facile de m'approcher sans être vu, je suis engoncé dans mon immobilité, toute pensée aspirée loin de moi, toute volonté figée dans mes os. Quand Annabelle apparaît devant moi, je cligne plusieurs fois des yeux comme au sortir d'un rêve. Elle se retourne, regarde d'où elle vient, et quand elle se tourne de nouveau, je vois dans ses yeux qu'elle sait que je sais.

Nous sommes assis au bord de l'eau et je découvre l'odeur du sexe. Des effluves se détachent de sa peau et volettent sous mes narines. C'est une odeur de chaleur, de matin, d'intérieur de couette.

Je regarde vers l'étang et elle aussi. En fait je ne regarde rien et je pense qu'elle non plus – et au moment où j'ai cette pensée elle me montre un canard qui a l'air endormi sur l'eau, ce qui prouve qu'elle regardait vraiment.

Il n'y a rien à dire. L'un de nous pourrait se lever et partir que tout serait assez clair. Mais j'ai couvert trois pages recto verso, alors je reste.

Elle porte un T-shirt Led Zeppelin sur un jean noir, dont elle renifle le col. Je suppose qu'elle y respire le parfum de l'autre.

— 'était David ?

— Oui.

Je n'avais pas vraiment besoin de confirmation, je cherche juste à me faire mal.

Alors, elle fait quelque chose que je ne comprends pas : elle se met à déchiqueter des brins d'herbe, en prenant soin de ponctuer chaque morceau coupé d'une insulte animalière. David est un porc, un phacochère, un marcassin, un ver de terre, un cloporte, un bousier, une limace, un escargot, un vermisseau, une mygale.

À mygale, une larme coule sur sa joue et interrompt le flux. Elle tire de nouveau le col de son T-shirt pour le sentir, plisse le nez, marmonne que le David en question a réussi à coller son odeur là-dessus et enlève donc le vêtement infecté pour le jeter en boule derrière elle.

Soudain, sans prévenir, tout un territoire de peau. Mon corps ne bouge pas, mais mon esprit se retrouve miniaturisé et projeté dans un minuscule wagon qui démarre de l'épaule et dévale la bretelle noire du soutien-gorge, bien au centre dans la nervure du tissu, je bande sans bruit, le paysage est une suite de couleurs floues et quand arrive le virage je lève les yeux vers la dune lisse et rosée qui s'élève au-dessus de moi et dégage une chaleur profonde, familière, une chaleur de dessous de couette, et longeant le flanc de l'éminence j'en savoure chaque émanation, jusqu'à ce que le wagon s'immobilise dans le creux le plus intime du relief qui est, à n'en pas douter, le centre du monde, la bonde par où coulera un jour le cosmos tout entier – et une fois atteint ce point je voudrais ne jamais en repartir, installer ici une petite tente et bivouaquer jusqu'à la fin des temps entre les deux dunes jumelles, mais déjà le wagon repart et m'emmène faire le tour de la deuxième que le soleil a décidé de peindre d'un orange à la tendresse infinie, doué d'une puissance mélancolique qui me fissure de haut en bas alors que je remonte la bretelle opposée et regarde la rondeur de la dune s'éloigner en contrebas tout en me laissant enfouir dans la touffeur obscure de la chevelure d'Annabelle qui me rejette au coin de son oreille, jusqu'à son œil, jusqu'à son nez, jusqu'à sa bouche qui est en train de dire : Tu n'imagines pas ce que j'ai dû faire.

— Hein ?

— Tu n'imagines pas ce que j'ai dû faire pour avoir le droit d'aller à autant de courses.

Et moi, bien sûr, ne saisissant aucune des implications de cette phrase, je dis :

— C-comme q-quoi ?

Elle se tait. La question reste en suspens entre nous, flottant comme un parfum que je ne perçois qu'en arrière-plan tant l'essentiel de ma perception se concentre sur autre chose.

— Et j'ai lu ta lettre.

« Et j'ai lu ta lettre. » Et, comme « et au fait », « soit dit en passant ». On veut forcer mon plexus à coup de bélier.

— Je suis désolée, mais je ne te vois pas comme ça.

Comment « comme ça » ? Je le pense mais je ne le dis pas, je me contente à la place de hocher lentement la tête. Mes lèvres s'arrangent en un sourire diagonal censé signifier « je comprends, sans rancune ». Elle ne me regarde pas. Elle est gênée d'avoir expédié la chose aussi vite. Elle enlève chaussures et chaussettes, retrousse son jean au-dessus des genoux et entre dans l'eau jusqu'à mi-mollet, sûrement pour se donner une contenance. Là, elle tourne la tête vers moi et me tend la main.

Debout à côté d'elle et les pieds dans la vase, j'essaie de ne pas penser à l'attache du soutien-gorge qui lie ses omoplates. Je sens toujours sa gêne. Si je la prends dans mes bras, elle n'osera pas me refuser un câlin de consolation.

Je pivote d'un quart de tour, elle ne bouge pas. Pour me donner du courage, je pense à Boris dans son perfecto rouge, à la terrasse du Manara, à la façon tellement apaisante qu'il a eue de dire : Une fille qui dit non, c'est une fille qui n'a pas encore dit oui.

En un seul mouvement, je me retrouve face à elle et je l'enlace. Elle est un peu surprise, mais elle se laisse faire. Je suis presque aussi grand qu'elle, suffisamment pour cacher mon visage dans ses cheveux. Sous mes mains, son dos est doux et duveteux comme une pêche.

— Attends.

Elle a un petit rire en remuant la jambe. Son pied est coincé dans la vase. Elle s'appuie sur moi mais n'arrive pas à se dégager. J'en profite pour essayer de l'embrasser, sa tête a un mouvement de recul. Mais j'essaie de nouveau, agrippant en plus un de ses seins. Elle me repousse. Mon pantalon est éclaboussé jusqu'à la ceinture. Je me rappelle bien ce que j'ai vu dans le sous-bois : elle a repoussé David deux fois avant de céder. Alors j'essaie une troisième fois, empoignant ses fesses. Elle me pousse encore, avec un petit cri plaintif ; alors son pied sort enfin de la vase et elle titube une seconde avant de me l'envoyer dans les côtes. Je m'écroule dans l'étang de tout mon long, bois la tasse, tousse et me débats. En une seconde, elle est sur moi et ses mains se resserrent autour de ma gorge. Je ne vois que ses yeux démesurément agrandis, bleus veinés de rouge, le reste de son visage se dilue dans mes larmes. J'étouffe.

Elle me lâche avant l'asphyxie. Je crache mes poumons pendant un long moment durant lequel je la vois sortir de l'eau, remettre son T-shirt et partir avec ses chaussures à la main. Elle ne se retourne qu'une seule fois, et je suis trop loin pour distinguer l'expression de son visage.

II

Maryvonne nous a trouvé l'appartement. Un meublé : deux chambres minuscules, une salle de bains aux airs de cellule, et une *pièce à vivre polyvalente* qui remplit toutes les autres fonctions. L'âge des propriétaires se devine dans la décoration inamovible, composée d'un papier peint jaunâtre à imprimé floral et de chaumières au point de croix accrochées aux murs. Les chambres contiennent chacune un lit, une commode surmontée d'un napperon, une chaise paillée, une desserte en fer blanc servant de bureau. Sous une certaine lumière, suffisamment plate, les mains griffues de la vieillesse et de l'ennui ont l'air de sortir de partout pour étouffer les vivants. Le quartier Oberkampf est censé concentrer une population d'étudiants, mais notre immeuble abrite surtout des retraités qui tapent à travers sol et plafond au moindre bruit.

Fabian a refusé que sa mère le visite avec nous. L'agence a envoyé une jolie rousse en tailleur, dressée sur des talons décidés que nous suivons, lui et moi, comme des petits chiens. Un flot de paroles s'échappe d'elle qui trouve le moyen de virevolter dans l'appartement, grand comme une cage à lapin. Fabian pose des questions techniques en prenant un ton d'expert et écoute les réponses d'un air grave, sans rien y comprendre. Il ne se gêne pas pour scruter le décolleté de la femme et ses fesses moulées dans sa jupe. Elle ne remarque rien, ou fait semblant.

À la fin de la visite, elle nous laisse sa carte. Fabian saisit le carré de bristol entre index et majeur, sourit en coin, rougit avant de cligner de l'œil, très lentement, et si peu sûr de son geste qu'il le garde fermé pendant trois bonnes secondes avant de le rouvrir. La femme de l'agence se fige un instant, puis elle nous serre la main et s'en va.

Après le déménagement, mes parents restent dans la cour, les mains sur les hanches, contemplant comme des critiques d'art la façade où se dessinent les fenêtres de l'appartement. Maryvonne babille avec eux et tous les trois posent de temps en temps sur nous un regard attendri. Un retour d'accent polonais dans la voix de mon père trahit une esquisse d'émotion. Fabian leur tourne le dos et mime la détonation d'un revolver contre sa tempe, avec la cervelle qui explose de l'autre côté.

Le soir même, nous marchons dans la ville pour la première fois. La nuit de septembre est encore chaude, le ciel presque mauve et traversé par le projecteur de la tour Eiffel qu'on aperçoit de temps en temps. Deux tours viennent d'exploser à New York et ça n'importe pas. Rien d'autre n'importe que nous, ici, maintenant. Je vois passer dans les vitrines nos deux silhouettes, parfois déformées par des effets de réfraction. Mon reflet paraît bizarrement plus vieux, celui de Fabian bizarrement plus jeune. On ne trouve rien à se dire. Rares commentaires, petits rires flottants. La stupéfaction d'être aussi libres.

*

Les premiers temps, je vais souvent me promener seul. Chaque fois que je crois commencer à me repérer quelque part, les lieux me montrent une nouvelle configuration et il faut que j'efface tout. Chaque fois, l'angoisse revenue : la ville est trop grande. Elle est faite pour qu'on s'y perde. Elle est défendue par la grande masse abstraite des passants, ce peuple étranger : les Parisiens. Des gens qui savent ce qu'ils font là, qui se sont trouvé un petit coin chaud dans le grand corps sinueux de la ville. Des gens qui savent qui ils sont.

Moi, je balade ma nature incertaine. J'ai l'espoir de me trouver au détour d'une rue, ou même qu'on m'arrête et me dise clairement à quoi je ressemble afin que je puisse obéir à cette ressemblance. Je me tiens dans la zone la plus floue du devenir ; me dirait-on que j'ai une tête à travailler dans la science, le cirque ou les égouts que je m'empresserais de travailler dans la science, le cirque ou les égouts. Mais non, personne ne me dit rien et je me cherche en traversant la ville par tous les bouts, des Olympiades au parc Monceau, de Montparnasse aux Buttes-Chaumont, fragile comme une buée qui cherche à se déposer quelque part.

Les gens ne sont pas tous aussi fortement gravés à la surface du monde. J'appartiens, moi, aux ébauches les moins commencées. C'est précisément la raison pour laquelle je m'aperçois que certains hommes ont l'air de savoir habiter la réalité avec une densité particulière. Je les croise, certains marchant au bras de créatures sublimes, d'autres à califourchon sur des motos, d'autres se poussant, épaule contre épaule, sur les terrains de basket. Dans un film, on dirait qu'ils *crèvent l'écran*. Je les imagine parler fort, se battre, protéger des femmes et des enfants, forcer des portes closes. Quelquefois, j'ai l'impression de distinguer leur aura, une enveloppe lumineuse qui fait brûler l'air autour d'eux comme dans *Dragon Ball*. Leur supériorité est tellement évidente. Au terrain de basket de l'arrêt Glacière, il arrive que j'en voie certains en venir aux mains. Une menace vibre dans l'air dès les premiers cris, dès le premier pas de l'un vers l'autre, et même moi, à trente mètres de distance, je suis pris dans un rayonnement électrique. De joie ou de peur, mon cœur bondit. Les autres joueurs arrêtent la bagarre avant qu'elle n'ait commencé. Les deux s'éloignent de quelques pas en crachant par terre. Sous la surface bosselée des muscles bouillonne une terrible puissance, contenue pour le bien de tous.

Un après-midi, je fais des courses au Monoprix du quartier. Le panier chargé de pâtes, de Kit-Kat et de cordons bleus surgelés, je m'ajoute à la queue de trois ou quatre personnes au moment où un éclat de voix transperce le fond musical du magasin. Au bout de la file, un homme hurle sur la caissière. Elle lui a compté deux bouteilles d'huile au lieu d'une seule. Il est penché sur elle qui est pétrifiée, l'agonit d'injures en lui agitant sous les yeux le ticket prouvant sa faute. La caissière ne répond rien, elle tape fébrilement sur sa caisse. L'homme demande à voir un responsable, en jetant un regard à la queue pour annoncer qu'il prendra tout son temps. Il est grand et sec comme un fouet, avec une peau mate d'où se détache un regard de faucon. La caissière bredouille quelque chose au téléphone et un type en veston descend aussitôt d'un étage. L'homme aux yeux de faucon le toise pendant que la caissière explique la situation d'une voix chevrotante. Le gérant est tout miel, se répand en courbettes, propose de lui offrir l'huile en guise de geste commercial. Avant de partir, l'homme crache sèchement sur ses mocassins.

Personne n'a bronché. La queue avance dans le genre de silence qui règne dans une classe après qu'un professeur a piqué une colère. Nous sommes les mulots que le faucon a épargnés.

Cet homme et les basketteurs de Glacière appartiennent à la même espèce. Ce sont des prédateurs. Leur puissance est infinie, leur faiblesse n'existe pas. Je le sais, je le sens : ces hommes-là ne connaissent pas le sens du mot subir. Je ne vois rien de plus désirable.

Fabian pense la même chose et ne veut pas se contenter de le penser. Le matin, il tape trois coups sonores à la porte de ma chambre. Pendant que le café coule, il faut réussir à enchaîner quinze pompes, dont je viens laborieusement à bout avant de m'affaler sur le lino, entre le mur et les pieds de la table basse. Côté kitchenette, Fabian pousse jusqu'à dix-sept, dix-huit, les yeux fermés dans la souffrance. Le café nous fait grimacer, mais nous avons décidé de remplacer par une boisson d'homme notre petit déjeuner traditionnellement composé d'un bol de Chocapic ou de Frosties. Un petit sacrifice de rien du tout, en comparaison de tous les efforts que nous nous préparons à fournir.

Fabian prend le métro pour son école d'ingénieurs, moi pour la fac. Sur le campus, je longe le bâtiment de lettres en constatant que la réalité confirme les statistiques lues sur Internet : ces étudiants-là sont majoritairement des étudiantes. C'est ce qui m'a fait peur au moment de faire ma liste de vœux sur le site du Crous. Je m'en suis ouvert à Fabian, qui appelle chaque endroit où les femmes dominent en nombre un *village-vagin*. Un cours de danse, un concert de Patrick Bruel, une parfumerie : village-vagin. Il admet volontiers qu'il ne serait pas à l'aise, lui, à suivre des cours dans un village-vagin. C'est un coup à ne plus savoir où donner de la tête, et peut-être aussi à se sentir très seul.

Finalement, je me suis inscrit en philosophie. Je découvre bien vite que la première année consiste à se laisser ensevelir sous des mots gigantesques qui sont des *concepts*, c'est-à-dire des mots issus d'une espèce de lignée royale. Ils se dressent sur la page, port altier, menton levé comme des aristocrates : substance, essence, opinion, raison, expérience. Ils ne peuvent pas être prononcés de la même façon que les mots ordinaires ; il faut insister dessus pour bien faire entendre leur pouvoir.

Ici, le ratio filles-garçons est mieux équilibré. Les catégories sociales du lycée n'y ont plus cours, et dans l'ensemble tout le monde fiche la paix à tout le monde. Cela ne veut pas dire, toutefois, qu'il n'y existe aucune hiérarchie. Certains étudiants sont particulièrement en vue, qui se distinguent par leurs manteaux abondants et leurs compétences verbales. Des garçons, tous, rivalisant de saillies intellectuelles plus ou moins vaines, chacun prolongeant la phrase de l'autre pour y ajouter une surenchère d'esprit. Certaines discussions ont des allures de cadavres exquis.

— Héraclite dit : « on ne se baigne jamais deux fois dans le même fleuve ». Ça veut dire que tout est mouvement.

— Tout est mouvement mais pas forcément changement. Une mélodie, par exemple. À la fin de la mélodie, quelque chose a bougé, et pourtant rien n'a changé.

— Rien n'a changé si tu considères que le changement implique quelque chose qui change. Pourtant, à la fin de la mélodie, l'air n'est plus le même.

— On ne se baigne jamais deux fois dans le même air.

Des rires d'initiés concluent le jeu, et le dialogue est autorisé à reprendre une forme ordinaire.

Bien sûr, je parle peu. Personne ne se moque plus de moi, ce genre de gaminerie est derrière nous, mais mon silence tient dorénavant d'une habitude trop ancrée pour qu'il me paraisse simplement possible d'en sortir. Je m'agrège aux petits groupes qui fument devant le bâtiment, jetant quand c'est mon tour quelques reparties automatiques, *c'est clair, j'avoue, c'est mort*, lexique de survie qui me maintient dans le flou de l'arrière-plan.

Le soir, je partage avec Fabian une plâtrée de pâtes au ketchup devant *Les Guignols de l'info*. Il se lamente des quatre-vingts pour cent de mecs qui peuplent son école, je me vante des nombreuses filles que je croise à la fac. Je m'invente des rapprochements, des ouvertures. Je me prétends ténébreux. Fabian se fiche de moi une fois sur deux, mais il doute. Sa méfiance gravite au-dessus de la casserole posée entre nous, ses yeux gris me fouillent et m'inspectent. Moi j'en rajoute, je délaie, j'invente une Aurélie, une Samia, une Lise, d'autant plus vivantes que je les raconte sans bégayer.

Voilà la vraie nouveauté : avec Fabian, je ne bégaie plus. Il me suffit de moduler ma voix comme dans la clairière, de la tirer vers les graves. C'est la voix de quelqu'un d'autre, avec laquelle j'arrange une réalité qui n'est plus la mienne. Je joue la comédie, et ma nouvelle voix d'homme transforme mon rendez-vous avec Annabelle en une scène poignante : elle cache son émotion mais ses mains tremblantes la trahissent, je l'attire contre moi, elle murmure que rien n'est possible entre nous car elle devra bientôt partir très loin, je lui pose un doigt sur les lèvres, elle m'embrasse, fougueusement, goulûment, nous roulons dans l'étang agrippés l'un à l'autre, et dans le souvenir remodelé je me vois plus grand, large d'épaules, pourvu d'une mâchoire carrée et d'une barbe râpeuse.

— Et alors ? Vous avez baisé ?

— Non, quand même pas.

— Elle t'a sucé ?

Je me renverse sur ma chaise et souris sans répondre, parfaite imitation de Boris. Fabian me lance un bout de pain en me traitant de mytho – mais il me croit malgré tout, comme il croit à tout ce que vivent les autres et que lui ne vit pas.

VIRILITÉ, nom féminin : **1.** Ensemble des caractères physiques de l'homme adulte ; ce qui constitue le sexe masculin : les attributs de la virilité. **2.** Capacité d'engendrer ; vigueur sexuelle. **3.** Mâle énergie, courage.

Découpée dans le Larousse, la définition est scotchée au frigidaire de Boris. À chacun de mes passages, je prends le temps de la relire pour m'en imprégner. Je vais jusqu'à me la réciter en montant les escaliers de son immeuble, prêt à ce qu'il me la demande en ouvrant la porte, comme un mot de passe. Mais non, la porte est déjà ouverte et Boris ne se lève pas de son canapé, environnement naturel où rayonne son assurance : sourires copieux, regard intense, jambes croisées et bras étendus sur le dossier.

Si j'arrive sans Fabian, c'est qu'il est déjà là, tassé sur un des poufs qui cernent la table basse. Zacharia finit en général par nous rallier depuis la fac de bio ou sa cité U. Luc n'a pas supporté l'humiliation de sa rencontre avec Boris ; nous ne le reverrons jamais, et nous sommes persuadés à cette époque-là que c'est lui qui rate quelque chose.

Les premières fois, je me vois contempler la pièce d'un air stupide. Paris entre par les hautes fenêtres, se dépose sur le parquet ciré, sur les moulures, sur la cheminée en marbre blanc abritant des bougies par dizaines. Il y a une table de poker, des tableaux abstraits, des bibelots. Un carrelage noir donne à la cuisine une classe folle, le frigidaire fabrique de l'eau fraîche et des formules de politesse sur un écran digital, la salle de bains contient une baignoire à jets. Notre cuisine à nous se résume à deux plaques électriques, notre salle de bains à un recoin où ont été tassées de force une douche en plastique et des toilettes à sanibroyeur.

Du balcon de l'appartement, on a vue sur la rue du Faubourg-Saint-Denis. Elle ne désemplit jamais, grouillant d'une foule compacte qui se presse autour des étals, des cages vitrées des rôtisseries, des terrasses toutes semblables à celles du Manara qu'on aperçoit en bout de perspective.

Boris notre sauveur, Boris notre guide. Boris sans qui nous serions livrés à nous-mêmes dans la ville immense.

Sur la terrasse du Manara, la première fois, nous l'avions d'abord pris pour un escroc. Un quasi-trentenaire, capable de chatter pendant des mois avec un lycéen en se faisant passer pour une fille de son âge : rien là-dedans n'inspirait confiance. Fabian avait chuchoté quelque chose à propos du business des arnaques en ligne et je m'étais souvenu de mon père, abusé par une technique de ce genre, qui avait perdu l'équivalent d'un demi-loyer en participant à un système de vente pyramidale. Ce type avait de l'allure avec son crâne lisse, son bouc finement dessiné et son perfecto, mais il voulait forcément profiter de nous d'une manière ou d'une autre. Méfiance.

Il s'était adressé à Luc, tassé sur sa chaise, rouge de honte et de déception :

— Si je suis là, c'est parce que tu as besoin d'aide.

Il avait allumé une cigarette avant de prononcer une phrase codée : Je suis un *pick up artist*. Personne ne connaissait, mais il n'était pas surpris. C'était tout nouveau. L'appellation venait des États-Unis et désignait ce qu'on aurait pu appeler en français un *artiste de la séduction*. Il existait déjà là-bas un certain nombre de maîtres en la matière, liés par une communauté de la séduction, elle-même vouée selon Boris à devenir planétaire.

— Elle guérit les timides, elle donne confiance en soi, elle sauve les cas désespérés.

Il s'était mis à empiler sur la table des livres en anglais, écrits par ses mentors, qu'il traduisait lui-même. À l'en croire, les méthodes expliquées entre ces pages, appliquées intelligemment, ouvraient les portes d'un royaume dont nous n'avions pas idée. Elles pouvaient transformer n'importe quel paumé en Tyler Durden.

Bien sûr, il fallait ajouter de la pratique. Lui-même s'était donné corps et âme à la discipline, et les heures qu'il a passées à écumer les bars et à arpenter les rues se comptaient en milliers. Si la séduction était un sport de haut niveau, alors Boris était un athlète. Accompagné de quelques amis que nous aurions l'honneur de rencontrer si nous acceptions de faire partie de l'aventure, il avait passé des journées entières sur le terrain – dans le jargon: sur le *field* – à faire des allers-retours entre un point A et un point B, à s'appliquer à paraître ouvert et détendu, avenant, des journées entières à aborder des passantes sous le prétexte d'une rencontre fortuite, amenée par le hasard; des journées entières à extorquer à des inconnues un sourire, un rire, un numéro de téléphone offert avec un frémissement de gêne; des journées entières récompensées par des langues avides, des nuits de sueur, de cris, de jambes emmêlées.

— Et ça marche. Aujourd'hui, j'en suis à plus de trois cents conquêtes.

Nos quatre mâchoires se décrochaient lentement mais sûrement.

Un raclement de gorge, la face écarlate de Luc :

— Et moi là-dedans ?

— Toi, je t'ai hameçonné.

Boris lui avait calmement expliqué pour quelles raisons il aurait fait fuir n'importe quelle fille si elle avait été réelle.

— À chaque message que tu envoyais, je voyais que tu étais en demande. Deborah aurait pu t'ordonner n'importe quoi, tu l'aurais fait. Tu lui parlais comme un chien soumis qui réclame des caresses. La meilleure méthode pour rester puceau toute ta vie.

Sa froide lucidité passait sur nous comme un rouleau compresseur. Il avait payé une tournée pour prouver sa générosité et la deuxième bière avait enfoncé ma conscience dans le coton.

Trois cents conquêtes.

— Allez, démonstration.

Il avait sorti un petit chronomètre de sport qu'il avait déclenché, posé sur la table, puis il était rentré dans le bar. De notre place, on ne voyait qu'une tranche de carrelage mosaïque et un bout de comptoir. Sous une de ces moitiés étaient croisées deux jambes de femme, pantalon noir et tennis blanches. Boris s'était assis en face, sans hésiter. La scène se déroulait sans le son. On l'avait vu entamer la conversation en souriant, puis écouter longuement d'un air grave, reprendre la parole en moulinant des mains puis en riant très fort, et enfin sortir son portable, le pousser hors champ, le récupérer.

Il était revenu s'asseoir et avait coupé le chronomètre. L'écran de son téléphone affichait le numéro de la propriétaire des jambes.

— Sept minutes trente-neuf secondes.

Sept minutes trente-neuf secondes pendant lesquelles aucun d'entre nous n'avait dit un mot.

Pas une seule fois, il n'avait parlé d'argent. Aucune obligation de fournir un numéro de carte bleue, aucune demande de virement. Lui cherchait surtout à devenir l'équivalent français des maîtres américains ; il avait besoin de disciples. Nous étions au bon endroit au bon moment, c'était une chance à saisir. Sinon, peu importe, d'autres en profiteraient.

Alors, tout le monde lui a laissé son numéro.

Je me rappelle l'avoir regardé plus attentivement à ce moment-là et réalisé qu'il n'était pas beau. Ses traits épais soutenaient mal ses joues un peu lourdes, son nez n'était pas droit, sa lèvre inférieure était trop massive et sa lèvre supérieure trop fine. Pourtant, il m'avait semblé irradier une confiance telle que je l'avais prise pour de la beauté. Non, il n'était pas beau. Il était viril.

*

Chez lui, un diplôme encadré au-dessus de la cheminée prouve l'existence d'un cursus d'études achevé : Boris Belotti, psychologue clinicien-psychothérapeute. Il fait mine de réfléchir quand on lui demande où il exerce et finit par répondre quelque chose du genre : dans ton cul, dernière porte à gauche. Une fois décodé, le message est qu'il n'exerce nulle part. Ça ne l'empêche pas de commencer la moitié de ses phrases par « en tant que psy », ce qui suffit pour transformer ses paroles en éclatants fragments de vérité.

En tant que psy, tu as un problème de confiance en toi.

En tant que psy, tu as un problème d'ego.

En tant que psy, tu dois apprendre à t'aimer.

En tant que non-psys, nous le croyons.

L'appartement appartient à ses parents, partis vivre en Normandie. Leur métier reste un mystère, mais ils gagnent suffisamment pour financer la vie parisienne de leur fils, *en attendant*. Lui n'a pas l'air de se presser pour s'établir dans son métier, préférant explorer une vie de loisirs. Un peu de boxe, beaucoup de fêtes, des vernissages. Et surtout, son projet phare : la création d'une communauté.

Dans ce but, il nous invite régulièrement, nous et des garçons qui nous ressemblent. Je retrouve en nombreux exemplaires mon visage flou et mal découpé, mon regard fuyant, ma tendance naturelle à faire tapisserie. Tout le monde a à peu près le même âge. Nous ne le savons pas encore, mais nous sommes les futurs adhérents de la toute première Communauté de la séduction de France.

Les soirées se tiennent une fois par semaine et rassemblent six ou sept garçons, jamais plus. Tous sont étudiants, viennent de banlieue ou de province. Les référents communs sont les jeux vidéo, la science-fiction et une connaissance encyclopédique du porno, notamment de ses spécialités japonaises. Certains écoutent du rock dépressif et d'autres rien du tout, la plupart ont déjà goûté l'eau des toilettes, aucun ne saurait nommer un ministre en exercice. Je reconnais dans leurs attitudes l'inconfort de ceux pour qui la nouveauté d'un monde est naturellement hostile. C'est flagrant chez un certain Tanguy, avec ses grands yeux pleins d'angoisse et sa mauvaise peau qui le font ressembler à un faon boutonneux. Le métro lui occasionne des crises de tétanie, la gare Montparnasse des montées de tachycardie. Il est habillé tout en noir, à la mode gothique : bracelet à piques, redingote victorienne et bottes montant jusqu'au genou, alourdies d'une colonne de boucles et de semelles compensées. Lui plus que quiconque a besoin de soirées comme celles-ci. Il a l'air tout surpris qu'on lui réponde sans se moquer, et un petit rire discordant vient le cueillir malgré lui quand il constate qu'il n'a rien à craindre.

Le maître des lieux distribue des bières et de la manzana pour lubrifier la parole, lance en sourdine un disque de pop sucrée, prend sa voix la plus douce. Il commence par une ou deux questions anodines, l'air de rien. Tu aimes bien les grandes villes ? Qu'est-ce que tu fais de ton temps libre? Où est-ce que tu te verrais dans dix ans ? Et puis, feutré comme un fauve dans les hautes herbes, il demande des précisions, pousse son interlocuteur à reformuler, approche sa proie par cercles concentriques. Faire sortir de leur coquille des introvertis comme nous nécessite une certaine habileté, un équilibre entre douceur, petites piques et, pour ceux qui se terrent vraiment loin dans leur dégoût d'eux-mêmes, une brutalité franche. Certains résistent et finissent par fuir. Ceux qui restent sont bons pour y passer.

Les confidences sont autant de variations autour d'un thème unique. Récits d'inadaptation, de mises à l'écart plus ou moins explicites, où domine toujours la même chose : la solitude. Les amitiés sont rares, les amours absentes. Revient souvent l'histoire d'un lien spécial avec une fille qui vous regarde tendrement, vous sourit, vous touche l'épaule ou la main en se confiant à vous – et qui vous repousse, horrifiée, sitôt que vous tentez quelque chose. La mention de ce genre de fille arrache à Boris un grondement sourd et un soupir accablé. Il commente à voix basse : Je te comprends mon pote, je te comprends tellement. Un soir, il s'ouvre devant nous d'un lambeau de son passé qui nous le montre, adolescent, passionnément amoureux d'une fille de ce genre, qui se divertit en jouant au yo-yo avec ses sentiments, le maintient dans un espoir toujours déçu et toujours ravivé, et dont il finit par découvrir qu'elle joue au même jeu avec son meilleur ami. C'est à ce moment-là, nous dit-il, qu'il a vu la vraie nature du genre féminin.

À présent, il cherche en nous des blessures semblables à la sienne. Il a la gourmandise de ceux que le désespoir excite, nous sommes excités par son excitation. C'est une thérapie qui dit d'autant moins son nom qu'elle n'est pas encore facturée.

Fabian y passe comme tout le monde. Il parle sans regarder personne, espérant peut-être qu'on ne sente pas l'explosion lacrymale qui menace chacune de ses phrases. Il parle de son père jamais connu, des yeux gris légués par lui, de sa mère insupportable qui lui boutonnera son manteau jusqu'au cercueil. Quand un gros sanglot s'écrase enfin dans sa voix, Boris traverse lentement le salon pour s'accroupir devant lui et le prendre dans ses bras.

Moi, je raconte laborieusement l'histoire de Giacomazzi et Katell Le Men. Je tressaute comme un vieux tuyau d'arrosage sous la pression du public, pourtant personne ne rit. De l'assemblée monte une compassion douloureuse.

Il est unanimement décidé que Katell Le Men est une salope de compétition. Même les plus doux, les plus timides des invités se rejoignent sur le terme. Ce mot-là passant leurs lèvres me donne l'impression de voir aboyer des agneaux. Fabian soutient qu'elle aurait mérité l'excision et répète le terme jusqu'à ce qu'on lui demande de l'expliquer. Boris calme tout le monde.

— Il faut bien que vous compreniez quelque chose : les femmes ne savent pas ce qu'elles veulent. Elles n'ont pas de volonté propre, comme nous. Elles sont soumises à leurs ovaires, autrement dit à leur instinct maternel. Et ce que leur dit cet instinct, c'est qu'un homme doit pouvoir les protéger et leur offrir une descendance digne de ce nom. Pourquoi vous croyez que l'idéal masculin n'a pas changé depuis les mythes grecs ? Parce qu'il répond à ce que cherchent les femmes, à ce qu'elles réclament avec leurs tripes.

Autour de la table, les mines sont sérieuses et concentrées. Un secret de l'univers nous est révélé.

— Pour celle-là, c'est pareil. Elle t'a rejeté parce que son instinct a vu en toi un patrimoine génétique médiocre. C'est son ADN qui t'a humilié, ça ne sert à rien de lui en vouloir personnellement. Deux mille ans de culture n'ont rien changé à ce qu'elle réclame avec ses tripes.

Je me tords les mains, mortifié à l'idée d'avoir réveillé deux mille ans d'histoire.

— Et c'est là qu'on en arrive au vrai problème, bien sûr.

Il marque un temps, allume une nouvelle cigarette.

— Le vrai problème, c'est qu'aujourd'hui les hommes sont *dévirilisés*.

Le mot produit son effet. L'excision peut aller se rhabiller. Tout le monde hoche la tête gravement. La vérité pénètre au plus profond de nous-mêmes alors que chacun agite son petit chapelet d'exemples valant preuves. C'est vrai, tout le monde l'a remarqué : les filles aiment les aventuriers, les bad boys, les taulards, les violents. Boris opine doucement, les yeux mi-clos, l'air de dire « c'est désolant mais c'est comme ça ».

On vide les lieux autour d'une heure pour attraper le dernier métro, secoués mais contents, soulagés. Grâce aux soirées chez Boris, plus personne n'est vraiment perdu. Paris semble prête à s'ouvrir. Dans la nuit, toutes nos solitudes tressées ensemble nous donnent l'impression de briller.

À la même époque, Schmid est à deux doigts de la retraite. Mon traitement va donc s'achever après neuf ans de séances infructueuses. Taraudé, sûrement, par la conscience de sa propre inefficacité, il s'autorise à déborder de ses fonctions pour jouer au psychologue. Il espère peut-être une percée miraculeuse, un retournement de situation dans les dernières minutes du film. À grand renfort de projections de diapositives et de tests de Rorschach, il cherche dans mon inconscient en espérant mettre le doigt sur mon trauma originel : une scène d'accident, d'adultère, d'attouchements, n'importe quoi qui aurait pu *mettre le boxon* dans le centre du langage. Rien ne vient. Son sourire s'assombrit : il aurait bien aimé partir sur une victoire.

Je sens qu'il joue sa dernière carte le jour où il me donne l'adresse du groupe de parole. Ce groupe a été d'un grand secours à d'anciens patients, affirme-t-il.

Certains y ont fait de grands progrès, d'autres y ont trouvé des oreilles attentives. Y faire un tour ne peut pas me faire de mal. Son sourire de curé me suit longtemps après qu'il a refermé la porte en me souhaitant bon vent.

Le local se résume à un carré de moquette dans une pièce éclairée de néons blancs. Aux murs sont punaisées des affiches du genre de celles qu'on trouve dans les salles d'attente des hôpitaux : prévention contre l'alcoolisme, contre les violences conjugales, pour le dépistage du cancer et des MST. Le beige nauséeux des fauteuils est l'exacte couleur du désespoir. Combien de groupes de parole viennent ici se réunir ? Combien de particules de détresse en suspension flottent encore dans l'air ? Je pense évidemment aux soirées chez Boris, ce qui m'aide à ne pas fuir. Peut-être vais-je trouver autant de soulagement ici que là-bas. Me viennent des images de films, des personnages hoquetant et pleurant des larmes libératrices dans la lenteur d'un travelling qui les cadre de plus en plus près, comme pour les aider à atteindre un soulagement maximal. Dans le fond, c'est un peu ce que j'espère. Me vider une bonne fois, purger l'excédent et repartir plus léger.

Une douzaine d'hommes arrivent au compte-gouttes. La plupart ont l'air d'avoir entre trente-cinq et soixante ans, et une allure d'employés de bureau.

Ils sont habillés en polo ou chemisette, se dégarnissent plus ou moins. Beaucoup sourient comme on sourit par défaut, avec un fond d'inconfort. Un animateur est là, en jean et pull en laine, qui préside la réunion et sourit plus fort que les autres. Il me jette de fréquents coups d'œil pour bien me faire comprendre qu'il m'a remarqué, et c'est à mon intention qu'il propose de commencer la séance par un tour de présentation. Quasiment tous les participants butent sur leur propre prénom. Je reconnais la déglutition douloureuse des consonnes, les inspirations pénibles, les grimaces d'exaspération. C'est la première fois que j'entends le bégaiement chez d'autres. Je regarde les bouches se tordre, les lèvres trembler, et je sens grandir un dégoût comme je n'en ai jamais connu, un soulèvement des tripes qui me donne envie de vomir autant que de faire taire à coups de poing tous ces gens qui parlent *comme moi*.

Quand vient mon tour, un silence s'installe. Tout le cercle me fixe avec le même sourire dupliqué en douze exemplaires. Alors, par un monstrueux effort de la volonté, j'arrive à sortir ma voix d'homme. Elle résonne dans la salle, forte, claire, bien timbrée ; sans bégayer, elle dit que je me suis trompé de réunion, et grâce à elle je peux me lever, traverser le cercle de parole et partir pour ne plus jamais revenir.

Après un mois à y vivre, la ville a déjà perdu de son éclat. Les Invalides, l'Arc de Triomphe et le Sacré-Cœur sont sortis de leur carte postale et se matérialisent à présent dans le même espace que les mendiants allongés au milieu du trottoir, les rats potelés trottant le long des caniveaux et les canettes de Maximator dérivant dans le canal de l'Ourcq.

L'odeur du métro condense tout. Les relents d'urine et de transpiration dominent une somme de fragrances insignifiantes et mélangées par le mouvement des foules, en lesquelles je reconnais cheveux sales, parfums sucrés, vomi, déodorant, chaussures enlevées de pieds fourbus, eau de Cologne, flatulences, shampoing, fruits mûrs, tabac froid, entrecuisse. Une ville entière recomposée par le nez. Une rumeur prétend que des scientifiques ont trouvé, sur les barres métalliques des wagons, des traces de toutes les sécrétions dont est capable le corps humain.

Mon père m'a conseillé de toujours garder mon sac à dos sur le ventre en prenant le métro, pour éviter les vols. Dans la rame bondée de huit heures et demie, je tâche donc de m'agripper à la barre miasmatique en dardant devant moi la bosse de mon sac.

Autour, les femmes se fondent dans la multitude. Elles font semblant de rien, mais je sais à présent ce qu'elles réclament avec leurs tripes. Qu'importe leur âge, leur couleur de cheveux, leur expression, leur regard, toutes perçoivent à l'intérieur d'elles-mêmes les frémissements de leurs ovaires. Propriété animale, sonar capable d'enjamber deux mille ans d'histoire pour repérer les candidats potentiels en vue d'un accouplement réussi. En surbrillance leur apparaissent les maxillaires développés, les torses larges – le besoin d'être protégées –, mais aussi les grandes tailles et les traits réguliers – nécessaires aux projets d'enfantement – ainsi que les signes extérieurs de richesse, évidemment. Il ne faudrait pas croire que les femmes sont uniquement mues par des vieux réflexes animaux, a dit Boris. Elles ne sont pas stupides, elles cherchent aussi l'argent. Un portefeuille bien rempli peut compenser un physique ingrat, aucun doute là-dessus.

Dans l'ensemble, a dit Boris, la distribution est simple : le rôle du mâle est de répandre partout sa semence, le rôle de la femelle est de sélectionner le mâle.

J'examine les femmes en rêvant au jour où je passerai le test. Je sais bien qu'il faudrait *porter ses couilles* et les aborder tout de suite, puisque un peu d'assurance bien dosée pourrait faire oublier mes lunettes, mon menton fuyant et ma coupe de victime. Je prononce tout bas des amorces de phrases, mâchant un ragoût de consonnes et voyelles dont j'espère broyer les os. Ma voix d'homme, un lointain mirage.

Certaines sont vraiment belles à pleurer. Je le sais, je le sens : celles-là pourraient faire vriller les hommes les plus raisonnables, disloquer des familles, sortir de leur axe des vies jusque-là épargnées de tout excès. Elles sont dangereuses. Le venin circule dans leurs veines, se diffuse dès la première morsure. Dans mon for intérieur, je les appelle *démones*. À la dérobée, je cherche dans l'eau tranquille de leur regard des cadavres de noyés. Surtout, je profite des bousculades d'entrées et de sorties pour m'en rapprocher discrètement. Je considère que je suis assez près de la cible quand je peux sentir le parfum de sa nuque.

Un matin, je dépasse mes angoisses et me jette à l'eau. Mon accroche sera banale – « vous êtes très belle » – et franchement nulle, mais il faut bien commencer quelque part. Or, le [v] est déjà planté dans mon palais. Je le sens d'avance. Je peux quasiment le voir, avec ses petits yeux brillants de sale fouine, prêt à bloquer le moindre son. Ma bouche entrouverte (lèvres avancées, langue entre les dents) se met à vibrer, d'abord à bas volume, puis le son monte crescendo alors que j'essaie d'extirper le mot de mon gosier qui se resserre de l'intérieur. Un « vvvvvv » envahit le wagon, un son fermé et continu qui pourrait faire penser à un système de chaufferie, je le pousse vers les aigus pour l'expulser de ma bouche, il se met à ressembler à une alarme, puis j'abandonne.

La démone me regarde, bouche ouverte. Elle a considérablement pâli. Moi je me sens pivoine, ce qui nous fait une moyenne.

— Vous avez besoin d'aide ?

Elle ne doit pas avoir plus de vingt-cinq ans, et ses yeux s'arrêtent sur mon sac qui me fait une espèce de bedaine. Les autres passagers revendiquent une indifférence royale.

— Vous n'êtes pas accompagné ? Vous descendez à quelle station ?

Je montre mon arrêt du doigt sur le plan de la ligne. Plutôt mourir que de prononcer une syllabe de plus.

Elle descend avec moi. Elle me guide en me prenant le bras, comme un aveugle ou un handicapé. Sans savoir pourquoi, j'imprime à ma démarche une espèce de claudication raide pour la conforter dans son erreur. Elle me laisse à la sortie du métro et se perd dans la foule.

Celles que j'appelle démones, Boris les appelle *viande à viol*. C'est pour rire, évidemment. Dans un sens, c'est même une façon de leur faire honneur : la viande à viol est douée d'une forme de sensualité supérieure, il lui suffit d'apparaître pour déchaîner chez le mâle ordinaire des pulsions incontrôlables. Elle incarne le fantasme des fantasmes, le *perfect ten*. Il abrège en « v.v. » pour pouvoir le dire haut et fort dans la rue quand il aperçoit une candidate au titre. Admirez cette belle v.v., il dit, et on peut penser qu'il parle d'une voiture. Mon rire, une copie. Surtout ne pas prendre de recul. Coller aux idées du groupe. Vivre hors de soi-même pour devenir un autre.

Le chef de meute nous balade dans un Paris prédécoupé par son historique de dragueur de rue. Tel coin est un vrai vivier, tel autre pas du tout. Une Véra dessalée place Vendôme, une Anaïs collante à Pigalle, une Betty et une Ambre entrées en concurrence à Gambetta et prises ensemble dans un Kyriad à Ménilmontant. Puis toute une armée d'autres qui ne méritent pas qu'on se souvienne d'elles, s'étant mal illustrées au lit ou n'ayant pas daigné jouir ou même ayant échoué à le faire jouir, lui – ce qui n'est pourtant pas sorcier et devrait être la moindre des politesses. Y en a qui sont pas dégourdies, rappelle-t-il à intervalles réguliers en illustrant le propos d'un geste masturbatoire hasardeux effectué par une main cherchant à visser quelque chose autant qu'à le desceller, le comprimer, le froisser, l'éplucher. Mais tout de même, trois cents conquêtes. Accoudé sur le pont des Arts, il devient songeur alors que les cadenas des amoureux tintent entre ses jambes.

On est encore en phase théorique. Principes généraux, lexique spécialisé à connaître de fond en comble.

AFC : *Average Frustrated Chump*. Débutant qui n'a pas confiance en lui, qui ignore les règles de la séduction. Pense que les filles viendront vers lui s'il se contente d'« être lui-même ».

Player : Jeune homme qui se lance dans le jeu de la séduction.

Nice guy : Gentil garçon. Patient, délicat, bienveillant mais totalement dévirilisé. L'homme idéal attendu par toutes les femmes, qui ne séduit pourtant personne.

Neg : Compliment négatif. Remarque provocante destinée à déstabiliser la cible et à raviver son insécurité émotionnelle pour la rendre vulnérable.

BL : *Body Langage*, crucial.

LMR : *Last Minute Resistance*. Revirement de la cible au dernier moment, souvent dans la chambre où traînent déjà les premiers vêtements jetés par terre. Doit être savamment contournée.

Le tout se décline sur des pages et délimite la carte du jeu de la séduction – le *game*. Boris imagine des mises en situation qu'il faut jouer en improvisation, comme au théâtre. Il nous emmène déployer nos talents au bord de pelouses occupées par des boxeurs ou des femmes mûres sur leurs tapis de yoga. Personne ne fait attention à nous, c'est un bonheur. Je me débrouille étonnamment bien, contrairement à Fabian qui se crispe quand il n'arrive pas à placer les répliques prévues, et à Zacharia qui trouve des reparties tellement lunaires qu'on ne peut pas y répondre. Il faut aussi savoir recracher nos leçons ou réagir à des obstacles. Je réponds avec ma voix d'homme, sûre d'elle et agréablement arrogante.

— Tu as travaillé la fille toute la soirée, tu es chez elle à la peloter, tout se passe bien, et sans raison tout s'arrête. Son body langage a changé, tu la sens plus lointaine. Elle te fait comprendre qu'il faut que tu partes. Tu fais quoi ?

— J-je lui propose un massage.

— Trop risqué.

— J-je la calme. Je change de sujet, j'essaie de la faire rire.

— Mieux.

— Je lui p-p-propose une activité non sexuelle.

— Encore mieux. Vous avez entendu les autres ? La fille sera flattée si vous lui montrez que vous pouvez renoncer à vos pulsions pour ses beaux yeux. Ce sera beaucoup plus efficace que d'essayer de la convaincre par des moyens rationnels. La

LMR, c'est le signe qu'elle n'est plus en confiance. C'est de l'émotionnel, il faut y répondre par de l'émotionnel.

— Et si elle continue de dire non ? demande Fabian, assis dans l'herbe.

— Déjà, il faut bien différencier les différents types de « non ». Le « non jamais » est très rare, en vérité. Il y a le « non, je ne suis pas une fille facile ». Ce n'est pas le même que le « non, tu n'as pas encore fait assez d'efforts pour m'avoir ». Dans les deux cas, il faut réessayer, c'est juste un non qui ne s'est pas encore transformé en oui. Il y a aussi le « non » de principe, qu'on peut repérer parce qu'il est de plus en plus mou. Au bout d'un moment, la fille dit « non » sans même se rappeler pourquoi. Dans ce cas-là, ça se travaille à l'usure. Et au cas où ça résiste encore, j'ai une technique qui a fait ses preuves : je la sors, tout simplement, et je la lui mets dans la main. Je peux vous dire que neuf fois sur dix, elle sait très bien quoi faire avec.

Je suis légèrement épouvanté à l'idée d'une initiative pareille, sans songer pourtant à remettre en question le principe. L'homme aux trois cents conquêtes fera toujours autorité sur le puceau.

Fabian soulève sans cesse des objections. Il imagine les cas de figure les plus improbables, tord les raisonnements dans tous les sens. Boris l'écoute en soufflant avant de lui répéter encore une fois qu'il pense dans la mauvaise direction. Il n'a pas compris la logique de la séduction. Moi si, semble-t-il. Le coach m'attrape par l'épaule pour me montrer en exemple, je me détourne pour rougir.

Le nom est clair. Les deux roses croisées du logo, rouges sur fond noir, marquent le centre des cartes de visite qu'on trouve dorénavant à la caisse de lieux stratégiques : les magasins de jeux vidéo, les cybercafés, les salles d'arcade, les vidéoclubs, les sex-shops. Boris ne s'embête plus à jouer les Deborah sur Internet, disposant à présent de suffisamment d'adeptes pour laisser faire le bouche-à-oreille. Fabian s'occupe du site et ne parle plus que d'histoires de codage, de javascript et de langage html. Il est fébrile et se défoule en jouant à la console dans le salon pendant des heures, sans hésiter à sécher ses cours par journées entières. C'est lui qui m'a convaincu au moment de payer l'adhésion et j'ai donc signé le premier chèque de ma vie, vidant du même coup la moitié de mon livret A. Il répète que Boris est la meilleure chose qui nous soit jamais arrivée. Arrête, lui répond l'intéressé, sinon je vais me sentir obligé de te laisser me sucer.

Les cartes de visite annoncent «Les Princes Charmants».

Fin octobre se tient la première réunion officielle. Boris a privatisé l'intérieur du Manara, dont le carrelage mosaïque jure avec les tables recouvertes de nappes en papier bordeaux. L'éclairage est tamisé par des gélatines rouges, et le patron admire depuis le comptoir son bar changé en simili-cabaret.

Les *players* ne sont pas loin d'une cinquantaine. Le même genre de profils que chez Boris, avec en plus des types un peu plus âgés, notamment trois ou quatre qui ont nettement passé les quarante ans. Aucune femme, bien sûr.

L'homme de la soirée a passé un costume noir sur une chemise ouverte, sans cravate. Il distribue sourires et poignées de main, a un petit mot pour chacun. On dirait un politique en campagne. Pendant son discours d'inauguration, j'entends sa voix chevroter pour la première fois. Il est ému pour de vrai et ne peut donc pas s'empêcher de jouer l'émotion, essuyant une larme imaginaire. Il contemple la salle, tous ces hommes et ces garçons qu'il a rassemblés tout seul, et la fierté étire ses lèvres. Seul, il l'était, à oser la drague de rue des années plus tôt, à marcher toute la journée pour se prendre vent sur vent, à se consoler le midi avec un jambon-beurre englouti sur un coin de banc – jusqu'à ce qu'il en croise d'autres, des comme lui, des pionniers, qui avaient lu les mêmes livres pas encore traduits, avaient su voir leur potentiel et s'étaient mis en tête de déployer dans la ville ces techniques nouvelles, mi-chasse mi-pêche (rires de la salle). Il leur doit beaucoup, à ces compagnons des débuts. Avec eux, il a consolidé sa maîtrise de la séduction et sa compréhension de la mécanique des femmes, et a fini par se sentir assez fort pour les enseigner à son tour. « Ainsi s'explique la naissance de cette communauté dont nous sommes aujourd'hui, nous tous, les forces vives. »

Explosion d'applaudissements.

Il nous calme d'un geste des mains. Il aimerait réserver une mention spéciale à un certain Concarnadis. Concarnadis, psychothérapeute réputé, brillant théoricien mais aussi homme de terrain, puisqu'il était sur le *field* avec les autres. Concarnadis, le plus avancé en matière d'approche scientifique, capable de faire entrer les livres de Ross Jeffries en résonance avec ceux de Pavlov. Concarnadis, doté d'une aura folle et vite devenu son mentor en toute chose, lui distillant sa philosophie de la vie, supervisant officieusement son mémoire universitaire. Concarnadis l'explorateur, puisque lui seul est allé aux États-Unis assister aux séminaires des plus grands, des plus influents ; lui seul a passé une nuit entière avec Ross Jeffries dans sa chambre d'hôtel – Ross Jeffries, le tout premier *pick up artist* –, à évoquer des subtilités théoriques. Concarnadis le visionnaire, qui lui a soufflé ensuite l'idée d'une communauté en France. Concarnadis, à qui il faut lever nos verres ce soir. Les applaudissements fusent pour l'absent. On est ému comme à un mariage.

Boris a préparé quelques surprises, qui se révèlent après avoir retiré trois paravents. Exclamations réjouies : on découvre que l'arrière-salle du bar a été aménagée en micro-fête foraine. À la place des tables et encadrés de guirlandes électriques, il y a des jeux. On trouve un mannequin de vitrine en soutien-gorge, string et porte-jarretelles, avec une étiquette sur un sein qui l'identifie sous le nom de Marie-La-Prude. Le but est de l'aborder et de la séduire ; ses réponses à elle sont piochées au hasard dans un saladier et alternent entre bêtise crasse, méchanceté pure et propositions lubriques. À côté, c'est pêche à la ligne : une rangée de bidons à la surface desquels flottent des Barbie plus ou moins déshabillées, valant plus ou moins de points selon leur degré de nudité. Il y a aussi une vraie *punch machine* de foire, et des haltères de deux à dix kilos pour commencer tout de suite à prendre de bonnes habitudes.

Le volume général augmente tout de suite. On rit très fort quand on se fait humilier par Marie-La-Prude, on crie très fort quand on pêche la Barbie nue, on se moque très fort quand quelqu'un n'arrive pas à coller le punching-ball au plafond de la machine.

Les Princes se reconnaissent plus ou moins pour s'être déjà croisés chez Boris, mais c'est la première fois que l'effectif est au complet. Les timidités fondent avec l'alcool, on se contrôle moins. Tous les hommes réunis ici ont l'habitude, à l'extérieur, de se montrer craintifs, de chercher une forme d'invisibilité qu'ils sont maintenant en train d'abandonner. Certaines voix sont rauques de ne jamais parler. Ils tentent des blagues, confient des pensées qu'ils ont toujours gardées pour eux. On peut deviner la nouveauté de l'expérience à leur maladresse, aux petites brusqueries qui orientent leurs phrases. Un informaticien me soutient qu'il faudrait revenir à l'école non mixte pour éviter aux garçons de subir les tentations permanentes. Un autre, bientôt chauve, dit que l'épilation devrait être obligatoire pour les filles.

Moi aussi, je tente. Je m'installe dans ma voix d'homme, et je ne bégaie toujours pas. Je dis que mon adolescence a été gâchée par une salope de compétition. Je dis que j'ai été amoureux d'une fille qui a joué avec mes sentiments et m'a brisé le cœur. On compatit. On me répond que les filles font semblant de vouloir des mecs sensibles, alors que les mecs sensibles c'est nous. On trinque souvent, trop contents de se comprendre aussi bien. Je fais un score de 712 à la *punch machine*, ce qui serait ridicule dehors – mais ici, c'est dans la moyenne. Je pêche une Barbie en robe de princesse avec tiare. Je propose à Marie-La-Prude d'aller à la patinoire, elle me suggère plutôt de la sodomiser dans une ruelle.

J'ai peur que le charme soit rompu quand débarque une fille. Jeune, bouclée, jolie dans son manteau en faux crocodile. Chloé. Boris la présente comme sa copine avant de lui rouler une longue pelle qui le prouve. Devant elle, les bouches se referment, les blagues n'osent plus sortir. On se demande si elle sait où elle a mis les pieds. Un soupçon pointe quand on la voit pincer les fesses de Marie-La-Prude, se confirme quand elle nous dit : Alors comme ça vous apprenez à chasser des chattes. Boris rigole en la palpant sous le crocodile. Je note des tennis blanches curieusement semblables à celles d'une certaine fille invisible, conquise en sept minutes et trente-neuf secondes, mais je me garde bien d'en tirer la moindre conclusion. Boris est un type de confiance. Qui d'autre aurait pu réunir autant de monde ?

Après le troisième verre, je tangue. Sans raison, je suis pris d'une vague d'affection pour les hommes qui m'entourent. Mes semblables. Je suis semblable à ce quadragénaire corpulent qui se déboutonne un peu plus à chaque nouveau verre, à ce type qui a décidé de garder ses lunettes de soleil jusque dans le bar, à cet autre dont les joues se creusent quand il boit à la paille, semblable aussi à Zacharia qui claque des doigts sur la caisse claire, à Fabian qui vérifie son reflet dans les miroirs. Tous semblables, liés par une fièvre libidinale qui n'est secrète pour personne. J'ai envie de tous les prendre dans mes bras, de tous les serrer contre moi.

Devant l'urinoir, je tangue toujours. Je mets un moment à identifier les bruits qui arrivent de la cabine pour handicapés, derrière moi. Des frottements, des chocs sourds, des gémissements étouffés. Je me penche au niveau de l'ouverture sous la porte. Des chaussures pointues remuent derrière une paire d'escarpins. Je reste comme ça un moment, à quatre pattes devant la porte de la cabine. Puis je m'allonge complètement sur le carrelage crasseux, frotte mon épaule dans la poussière pour faire passer un bout de ma tête dans les vingt centimètres de jour. Je parviens à glisser un œil. Les deux corps se dressent en contre-plongée, soudés en leur milieu. Elle est plaquée face contre le mur, lui est derrière elle. De mon point de vue, les cuisses pâles qui émergent des pantalons baissés aux genoux semblent énormes, et les chocs du bassin de Boris contre les fesses de Chloé ont l'air d'ébranler une montagne. Chloé gémit et veut changer de position mais Boris la retient contre lui, lui plaque une main sur la bouche et intensifie ses coups de reins. Toute la force de ses muscles est concentrée au bout de sa verge. Les sons émis par Chloé flottent quelque part entre le plaisir et la douleur. Je m'éloigne de la porte mais reste là quelques minutes à les écouter, jusqu'à entendre un râle venu de très loin. Après quoi, le silence, l'immobilité, la paix.

Je rentre le moins possible à la maison. Je n'ai pas envie de voir mes parents et eux ne me réclament pas. Au téléphone, ils m'appellent «le Parisien» d'un air entendu et me rappellent que j'ai bien de la chance de les avoir, eux et leur portefeuille. Fabian, d'abord habitué à rentrer chez Maryvonne en fin de semaine pour lui faire laver son linge, finit par m'imiter. Vastes récréations : excités par la liberté, nous sillonnons la ville qui se transforme en une sorte de blague géante. Tout nous fait rire, l'allure des passants, les ivrognes en roue libre, les bourgeoises à chihuahua ou les accordéonistes de Montmartre qui chantent Aznavour en inventant la moitié des paroles. Dans les moments de creux, il suffit de fredonner «je m'voyais déjà à dos de caniche» pour nous faire repartir. On se paie des séances de cinéma, des parties de jeux d'arcade, des kebabs dégoulinants de graisse. Ne jamais consulter son relevé de compte, le secret pour disposer d'un budget illimité. Au pire, Fabian a toujours sa mère, et imaginer toutes les façons de lui soutirer de l'argent devient un jeu comme un autre.

Nous ne retrouvons notre sérieux qu'en rentrant à l'appartement. Là, cernés par le jaune pisseux du papier peint, nous nous prenons à rêver de ce à quoi nous ressemblerons dans six mois, quand les techniques enseignées par Boris auront porté leurs fruits – combien de filles possédées, par quel moyen. Nous leur inventons des prénoms, des mensurations, des fantasmes inavouables. Au bout d'un moment, nous arrêtons complètement de parler, absorbés par ces filles irréelles qui flottent au-dessus de la table couverte de bières vides. Chacun s'enferme dans sa chambre et fait semblant de ne pas entendre les couinements du lit d'à côté.

*

La grande métamorphose est imminente.

Grand un, l'apparence.

Une veste à la fois protectrice et accueillante ; une chemise bien coupée, deux boutons ouverts ; un jean ajusté ou un chino à la chute parfaite ; des chaussures élégantes et discrètes.

De longs après-midi d'essayage, guidés par un Boris tour à tour patient et exaspéré. Des sommes dépensées presque sans compter, extravagantes pour nos porte-monnaie d'étudiants. Quelques pas mal assurés à la sortie des cabines, scannés par le regard de Boris que l'expérience mondaine semble avoir doté d'un sixième sens, capable de diviser l'univers en deux camps identifiés avec une certitude inébranlable : la classe et le mauvais goût.

Les matières nobles sont le cuir et le daim. Le cuir et le daim, dit Boris, habillent les hommes depuis des siècles. Les pantalons des cow-boys, les plastrons des conquistadors, les fourreaux des guerriers perses, les blagues à tabac des pirates. Galvanisé par l'idée de rejoindre cette lignée d'hommes éternels, Fabian réussit à soutirer à sa mère de quoi se payer un teddy en cuir noir aux reflets luisants, avec lequel il se regarde dans les vitrines.

À moi, Boris conseille de me raser les côtés du crâne et de me coiffer le reste en brosse. Ça va t'affûter, m'assure-t-il.

— Il faudrait aussi que tu sculptes ta *jawline*.

La *jawline* est la ligne de la mâchoire, qu'il est bon d'avoir carrée et ciselée. Boris soutient que ce trait physique en particulier rassure les femmes. Ce n'est pas une question de préférence individuelle, mais bien de patrimoine génétique : du temps de la préhistoire, les hommes s'occupaient de chasser pendant que les femmes restaient en sécurité dans la grotte. Une mâchoire carrée leur rappelle ces temps immémoriaux qui survivent toujours dans notre ADN ; elles se sentent protégées.

Je passe donc un certain temps dans la journée à muscler ma mâchoire. Il suffit de faire une bouche de poisson, en aspirant ses joues et en essayant de sourire. Au fond des amphis ou de la BU, je me fige dans cette grimace et croise de temps en temps des regards m'identifiant clairement comme psychopathe. Je feins une indifférence dédaigneuse.

Grand deux, l'assurance.

Il ne faut pas commencer par la rue. La rue, c'est le vélo sans les petites roues, le trapèze sans filet, le grand plongeoir. Pour la rue, il faut déjà avoir un mental d'acier. Nos premiers travaux pratiques se feront dans un environnement moins hostile.

Un samedi soir, Boris nous emmène dans le Quartier latin. Sa Mercedes est volumineuse, ce qui ne l'empêche pas de conduire comme dans *Gran Turismo* 2. À l'avant, Fabian étouffe des cris d'excitation et des rires épouvantés. Boris contrôle le volant d'une seule main, aussi détendu que dans son canapé. Les rois du monde voguant sur les flots de la nuit parisienne.

En début de soirée, la cave du Santiago Café est quasiment vide. En attendant l'affluence de minuit, Boris nous fait réviser les quelques pas de salsa appris chez lui, sous l'œil indifférent du barman. 1, 2, 3, 4, pied gauche devant, pied droit sur place, je ramène, 5, 6, 7, 8, pied droit devant, pied gauche sur place, je ramène. Mon corps devrait être un roseau, c'est un chêne. *Ô vénérable tronc d'arbre*, me dit Zacharia qui chaloupe sans problème.

La topographie du night-club n'est pas compliquée à comprendre : les tables et banquettes s'amassent près des murs et représentent les coulisses ; de là, on regarde la piste de danse qui représente la scène. La danse est une étape obligatoire pour espérer se rapprocher d'une inconnue dans les coulisses et éventuellement délocaliser la soirée dans un lit qui représente la victoire.

Les filles arrivent par flux successifs. Elles portent pour la plupart un haut échancré noué derrière la nuque et un pantalon blanc qui brille quand le DJ actionne la lampe à ultraviolets. C'est la mode des jeans taille basse dont il faut laisser dépasser le string, plus ou moins discrètement. Les hommes, dans la cave du Santiago Café, oscillent devant ce phénomène entre indifférence feinte et excitation claire. Les moins timides vont jusqu'à soulever la ficelle du bout du doigt pour la laisser claquer contre la peau, récoltant des rires ou de l'indignation suivant leur degré d'intimité avec la fille. La grossièreté du geste me dégoûte. Pourtant, je voudrais faire pareil.

Je danse. Du moins c'est ce que j'essaie de faire croire, concentré sur les pas qui devraient, en toute logique, se poser le long des huit battements que je scande dans ma tête mais le compte n'y est pas, jamais, et la micro-chorégraphie censée me permettre de survivre se délite. Je cache mon désespoir sous de petits dandinements en regardant mes pieds. Disons plutôt que je simule la danse, absorbé par le caractère superflu de mon propre corps : jambes, pieds, bras, mains, rien n'a l'air de servir à quoi que ce soit et pourtant il faut rendre tout ça gracieux, léger, comme arrivent à le faire les femmes.

Plus loin, Fabian tente de faire passer sa concentration pour de l'aisance. Il reste à proximité d'une fille qui danse seule, coiffée d'un double chignon, et affecte de ne pas le voir. Boris nous a bien expliqué que l'indifférence des femmes n'existe pas. Celle-là est donc en train de masquer qu'elle est peut-être intéressée. La preuve, elle se laisse suivre au moment d'aller vers le bar. Je reste dans le périmètre, à portée de voix, prêt à enregistrer tout le protocole.

Fabian hurle au-dessus de la musique : Elles sont marrantes tes dents.

C'est un *neg* parfait.

— Faire des compliments à une fille, c'est facile, a dit Boris. Mais le problème des compliments, c'est qu'ils en disent trop long sur l'intérêt que tu portes à la fille. Un compliment, ça dévoile ton jeu. Tu n'es plus maître de la situation. Tu subis.

Le *neg* pallie ce déséquilibre. Il montre autant d'intérêt que de désintérêt. Comme un compliment, il est pratique pour ouvrir le dialogue ; à l'inverse du compliment, il vous garantit un ascendant psychologique.

La fille fait mine de toucher ses incisives asymétriques. Son sourire vacille, j'en déduis que Fabian est bien parti. C'est elle qui prend à ce moment-là les rênes de la conversation, il n'a plus qu'à se laisser guider.

Il est temps de se lancer pour moi aussi. À ma droite, la cible est blonde et frisée, avec un nez un peu fort et deux traits roses pailletés étirant ses yeux – un *neg* tout trouvé. Je me penche vers elle, ouvre la bouche et me fige. Elle me jette un premier regard gêné, et voyant que je ne bouge pas – la phrase va venir, il faut qu'elle vienne – me contemple de haut en bas d'un air interloqué.

Je veux me rabattre sur un plan B. J'ai lu dans les photocopies de Boris une technique d'approche silencieuse. Je sors mon portable pour écrire le petit texte que j'ai appris par cœur :

Salut, je réalise une enquête sur les pires techniques d'approche. Dans cette liste, laquelle est la pire ?

a) Tu viens souvent ici ?
b) Hey, on va dehors pour se réchauffer avec un câlin ?
c) Salut, je réalise une enquête sur les pires techniques d'approche.

Je lui mets sous le nez. Mon sourire me fait l'effet d'une fissure à travers mon visage, le sien brille d'une absence tragique. Sans un regard pour moi, elle prend sa vodka-orange pour aller s'asseoir à l'autre bout de la cave.

Aux toilettes, je chuchote un petit *salope* couvert par le bruit de mon urine. Je le répète un peu plus fort, encore un peu plus fort, et encore un peu plus fort. Ça me rassure, ça me console. Je me mets à gueuler pour de vrai, ajoutant des *sale pute* et des *connasse* et tout ce qui me passe par la tête. Ma voix d'homme résonne dans la cabine, forte et pleine comme celle d'un soldat. Quelqu'un tape dans la porte et me dit : T'as grave raison mec, t'as grave raison.

À quatre heures du matin, tout le monde se retrouve sur le trottoir, devant le bar fermé. Les hommes tentent leur dernière chance. La fille au double chignon écrit son numéro dans la paume de Fabian sans le regarder. Boris embrasse à pleine bouche une fille pourtant arrivée accompagnée et forme à notre attention, par-dessus son épaule, le V de la victoire. Zacharia est rouge et content, déjà comblé par le fait d'être encore dans les rues à une heure pareille. Fabian tremble de bonheur, les mains agitées d'un tic donnant l'impression qu'il essaie d'attraper de l'air. Moi, je marmonne des petits *salope* dans ma barbe.

Sur le chemin du retour, il a le temps de me raconter sa soirée une bonne dizaine de fois. Lui et la fille ont vraiment *connecté.* Il s'est senti tellement bien avec elle, comme s'il l'avait toujours connue. Après le *neg*, il a osé lui raconter des choses très intimes, elle l'a écouté longuement. Plusieurs fois, elle a essayé d'appeler ses copines, « comme si elle avait voulu que je les rencontre » – mais les copines en question continuaient de refuser en gloussant, occupées sur la piste de danse. En poussant la porte de chez nous, il me dit : Je crois vraiment que c'est une fille dont je peux tomber amoureux.

Le lendemain, une voix de femme, chaleureuse mais électronique, lui apprend que le numéro n'existe pas.

Grand trois, la patience.

Cette soirée est la première d'une série sans fin. Les Princes chassent en meute et investissent bars, boîtes, spectacles de rue, concerts. S'incruster partout où flottent quelques atomes de désinhibition, un verre à la main pour la contenance, un pied battant la mesure. L'assurance de seconde main, forcée dans chaque geste, chaque repartie. La danse, souvent. Les sourires faux distribués à personne en particulier. Le teddy en cuir de Fabian qu'il arbore comme une armure, ses cheveux enfin coupés et ramenés en arrière à l'aide d'une énorme dose de gel, la pression monstrueuse qu'il se met avant chaque tentative d'approche et son ricanement douloureux après chaque rejet.

D'abord, il repère la cible – la *target* –, choisie en fonction de sa note d'attractivité. Savoir évaluer sa propre note d'attractivité et celles des femmes est crucial, puisque un 6 sur 10 ne peut pas espérer séduire une 8 sur 10. Fabian a choisi de s'estimer, après relooking, à 6 sur 10 et cherche donc des 5 ou des 4 pour maximiser ses chances. Des moches pas trop moches, selon ses propres mots.

Ensuite, il prépare son accroche – son *opener*. Il a le choix entre un opener direct ou un opener indirect. Le direct fait tout de suite comprendre à la cible les intentions de l'homme qui l'accoste, l'indirect est plus insidieux. Il consiste par exemple à demander son avis à la fille sur un sujet qu'on pourra développer ensuite.

Fabian essaie les deux. Il est persuadé de maîtriser un certain nombre de thèmes, pêchés dans une frise historique à la chronologie changeante, et des inconnues perplexes l'écoutent broder autour de la conquête de l'Ouest américain, des Vikings, des guerriers spartiates. Parler vite lui donne l'impression d'être intelligent. Si par hasard la fille s'immisce dans son écoulement verbal, il s'arrête net et attend trois vraies secondes qu'il compte dans sa tête – je le sais, il me l'a dit – avant de reprendre comme si de rien n'était. Quand à force d'accélération il trébuche et se met à bafouiller, il a tellement honte qu'il est capable de la planter là et de s'en aller sans rien dire.

Il faudrait ajouter à son crédit qu'il ne se décourage jamais. Il garde avec lui un petit carnet sur lequel il note ses statistiques : tel opener a bien marché, tel autre moyennement, tel autre pas du tout. Il écrit chaque fois la réplique exacte adressée à la cible et consigne toutes celles qui pourraient servir. Ces informations-là sont mises en commun ; retranchés à une table, pas trop loin du théâtre des opérations, les Princes se commentent entre eux, s'épaulent ou s'enfoncent. Celui qui se jette à l'eau est sûr d'être épié par les autres. Son *body langage* est analysé, comparé à celui de la fille. Plus tard, quand il reviendra la queue entre les jambes, on lui reprochera ses épaules voûtées, ses pieds en canard, ses mains dans les poches. Il faudra y penser la prochaine fois, c'est-à-dire dix minutes plus tard. Les manuels le disent, Boris confirme : Le secret c'est l'entraînement. Tous peuvent prendre dix râteaux un soir et viser quinze approches le lendemain.

Je n'ai clairement pas le même rendement. Sélectionner une cible me demande déjà un certain temps, d'autant que mon choix est moins guidé par le système de notation que par ce qui se dégage d'un visage. Il faut que je puisse avoir l'impression que sous l'agencement des traits se cache un peu de bonté, comme pour m'assurer que ma défaite soit amortie d'avance. Je repère les filles qui sauront me rejeter en douceur, avec un sourire contrit et un regard aussi sincèrement navré que possible. Une fois le râteau consommé, je reviens m'asseoir à ma place presque soulagé et écoute distraitement les conseils des autres, trop épuisé pour recommencer plus d'une fois ou deux dans la soirée.

Zacharia n'a pas davantage de succès, mais on dirait que ça ne l'inquiète pas. Dans son monde, il est Claude François, il attend simplement que les gens s'en rendent compte. En attendant, il balade sa naïveté souriante, sa barbe embryonnaire, se met à danser pour un oui ou pour un non, éclate sans prévenir d'un rire de dauphin dont tout le monde a honte sauf lui. Il est sans calcul.

Je me rappelle d'une soirée karaoké dans un bar de Pigalle. Boris chante *I've Got You Under My Skin* en jouant au crooner. Il chante bien et en plus il est drôle. L'imitation devient un sketch, il s'autocaricature, exagère l'accent patate chaude, s'adresse à l'écran avec des mines d'amoureux transi. Il se trouve qu'il a passé ce jour-là une veste de costume qui transforme ses épaules en deux falaises à pic. Les femmes sourient dans le public, leurs accompagnants les tiennent prudemment par la taille.

Quand Zacharia prend la suite, je me tasse sur ma chaise, gêné d'avance. Les premières notes du piano entonnent *Cette année-là*, il ne se fait pas prier pour suivre. C'est stupéfiant : il y est tout de suite. On reconnaît la voix nasale et pourtant bien projetée du modèle, anti-parodique, d'un premier degré absolu. Il flotte toujours dans ce blazer moutarde qu'il refuse d'abandonner, mais on dirait que le ridicule se renverse. Je me dis : c'est sa vraie voix.

Évidemment, les gestes de la chorégraphie lui viennent dans la foulée. Trois pas à gauche, trois pas à droite, les avant-bras en essuie-glaces, pointé de l'index, moulinets. Il va tout gâcher. Les spots braqués sur lui l'empêchent de voir sa candeur mise à nu, sa candeur de petit garçon. Je sens s'installer la gêne, les premiers rires étouffés, je vois venir les huées, et au titre de mes propres efforts pour tuer en moi le petit garçon, je les espère un peu. Mais non, c'est le contraire : tout le public est emporté. La conviction de Zacharia est contagieuse et atteint le premier rang qui s'ébroue, timidement dans un premier temps et ensuite beaucoup moins, une fois que le virus chorégraphique s'est répandu dans tout le bar et qu'on a posé les verres quelque part pour mouliner tous ensemble. Même les barmans suivent derrière le comptoir, et sur le dernier refrain la foule entière se met à chanter avec un fanatisme de supporter. Zacharia salue, envoie des baisers aux balcons qui n'existent pas, il a eu son Olympia.

Boris est hilare, tient contre lui le héros du soir qui lui arrive à la clavicule, nous fourre dans la gorge des shooters de vodka-caramel et réclame des Zachariettes. La vedette cligne des yeux en souriant un peu bêtement. Zaza vient de se réveiller dans une réalité qui porte encore les résidus de son rêve. On lui paie des coups, on le regarde en coin, on mime à son passage de petits moulinets complices. C'est lui qui se fait accoster par des admirateurs avinés qui lui disent : Vraiment, c'était bluffant, tu devrais aller à *Star Academy*. Il répond avec son rire de dauphin. J'échange avec Fabian un regard furtif où se lisent l'incrédulité, la jalousie, l'amertume.

Le sentiment se répand chez les autres Princes, plus tard dans la soirée, quand on le voit se tenir à l'écart avec une fille. Incapable d'appliquer les méthodes de base, Zacharia n'aurait pas dû pouvoir sortir de son rôle de bouffon. Il est tout à fait illogique de le voir se rapprocher de cette fille, comme il le fait maintenant, et lui effleurer les lèvres. Il est tout à fait illogique de le voir partir avec elle, bras dessus bras dessous, et cette anomalie contrarie tellement le système que personne ne voudra en reparler. Bien sûr, lui ne reviendra plus.

Cette année-là, je fais le même rêve des dizaines de fois. Je suis avec ma famille sur la plage normande où nous allions l'été. Je reconnais la suite de vignettes immuables caractérisant ces moments-là : les regards inquiets que ma mère jette autour d'elle après avoir enfilé son maillot démodé, la main de mon père posée sur la glacière pour empêcher qu'on lui vole ses bières pendant la sieste, ma sœur faisant le poirier sous l'eau en battant des jambes pour faire gicler l'écume. Le rêve diffère de la réalité au moment où nous allons nous baigner tous ensemble. Je me rends compte que tout le monde, sur la plage, suit notre mouvement. Des centaines de corps entrent dans l'eau en même temps, s'éclaboussent et se mettent à nager vers le large. L'angoisse me prend au moment où je réalise que je ne peux pas m'immerger complètement et encore moins nager. À quelques mètres devant, ma famille et tous les autres vacanciers s'éloignent sans bruit, jusqu'à se réduire à une bande de pointillés à l'horizon. Je jette un regard derrière moi : la plage est vide.

C'est à ce moment-là que je me réveille. La chambre n'a pas encore eu le temps d'extraire du noir ses reliefs déprimants. On ne voit que des masses plus sombres que d'autres, et mes vêtements jetés n'importe comment sur la chaise me font penser à une silhouette assise. Je laisse mes yeux s'habituer à l'obscurité, les contours de la silhouette se précisent. C'est moi. Plutôt, c'est une version virile de moi, sans lunettes et le crâne rasé, dotée d'une mâchoire plus carrée, d'arcades plus saillantes, d'une barbe désinvolte, d'épaules de nageur, de bras veineux, de mains grandes et capables. Elle se tient en général penchée en avant, les coudes sur les genoux. Quand elle se redresse, je devine entre ses jambes un amas lourd. Elle me parle. Elle me dit que je ne lui ressemblerai jamais, que je suis un peureux, un poltron, un petit garçon incapable d'entrer dans l'eau et de nager comme tout le monde. Elle me dit que je suis un branleur, un bande-mou, un puceau, elle me dit que le monde entier a pitié de moi, avec ma bouche tremblotante et mes phrases jamais finies, mes lunettes en cul de bouteille, ma poitrine tellement creuse que mes épaules finiront par se rejoindre, ma petite bite, oui, le monde entier a pitié de moi et la moindre des politesses serait de me foutre en l'air sans attendre.

Je sais que c'est la voix de mon imagination, mais ça ne m'empêche pas de l'écouter. Du fond de mon lit, j'ai l'impression de sentir un gel se déposer sur ma peau puis passer à travers, recouvrir mes organes, ralentir mon cœur. De minuscules réminiscences viennent me picoter comme des insectes – une odeur de cheval, de grenouilles disséquées, la sensation d'un pied dans la vase, la vision d'un regard exorbité, aux iris bleus pris dans un entrelacs de vaisseaux sanguins – et s'agrègent ensemble pour me faire glisser dans une demi-conscience nauséeuse.

La réalité retrouve sa forme vers huit heures et demie, quand Fabian toque à ma porte. Ces matins-là, je le suis et j'oblige mes bras à soulever jusqu'à trente fois mon corps de lâche. Lui est content de voir que je m'implique enfin. Un sourire persistant flotte sur son visage, qu'il ne cherche pas à cacher. Nous nous regardons après l'effort et chacun aperçoit l'autre à travers sa chrysalide ingrate. Chacun regarde l'autre dans les yeux de l'homme qu'il sera un jour.

Le soleil du printemps glisse sur les pavés du quartier Saint-Michel. Des cafés sont bus en terrasse, des verres sirotés, des viandes découpées. Les passants passent et ne se doutent de rien.

La rue : le dernier niveau du *game*.

Un premier se réserve par exemple la rue Danton, un deuxième reste aux abords du pont, un troisième se cantonne aux squares, et ainsi de suite. Nous quadrillons le périmètre. Nous sommes à l'affût. Nous répétons mentalement notre texte, nous passons en revue toutes les possibilités de réaction, toutes les reparties pour toutes les occasions. Boris fait des rondes et distribue de la motivation en nous tapant sur les épaules.

— Rappelez-vous que rien n'est interdit. Vous pouvez arrêter une fille qui marche vite, qui a des écouteurs, qui est au téléphone. Vous aurez peut-être l'impression d'être intrusif, mais il faut dépasser ça sinon vous ne pourrez plus rien faire. Une fille sort en boîte avec ses copines ; elles ont sûrement envie de rester entre elles, c'est intrusif d'aller la voir. Une fille dans un bar boit un verre ; elle veut sûrement le savourer tranquillement, c'est intrusif d'aller la voir. Une fille marche dans la rue ; elle veut juste aller d'un point A à un point B, c'est intrusif d'aller la voir. Et pourtant, dites-vous bien que dans chacune de ces situations, des hommes ont réussi à prendre un numéro et même bien plus. Pourquoi pas vous ?

Les Princes hochent la tête lentement, pénétrés par l'évidence.

— Si vous ne lui plaisez pas, elle vous le fera savoir rapidement ; aucune conséquence pour quiconque. Si vous lui plaisez, elle vous le fera savoir aussi et dans ce cas l'intrusion n'en était pas une. D'ailleurs, le terme même d'intrusion est problématique. Tout ce que vous faites, c'est d'aller à la rencontre d'une femme. C'est bien, c'est courageux, soyez-en fiers.

Posté dans le secteur qui m'est réservé, je devrais être fier. Je suis habillé du perfecto rouge que j'ai demandé à Noël, ma mère m'a coupé les cheveux en brosse pour m'affûter, mes lunettes ont été définitivement remplacées par des lentilles qui ne me brûlent presque pas les yeux. Je suis un aigle, un lion, je suis un Prince.

Pourtant, dès les premières minutes, quelque chose ne va pas. Mon cœur bat trop vite. Mes mains sont moites. La douceur du printemps est trompeuse, elle dissimule quelque chose. Des signes obscurs ont l'air de se cacher dans le bruissement des feuilles, dans les reflets mouvants des pare-brise. Je regarde les passantes, aussi lointaines que des étoiles filantes. Je suis censé savoir les évaluer, leur parler, les manœuvrer, mais sur le moment je ne sais même plus comment je m'appelle. Quelque part à travers l'épaisseur de l'espace et du temps se trouve un public qui me regarde échouer et rit de mon angoisse. Je suis sur scène et j'ai oublié mon texte. Qu'est-ce que je fais là ? Qu'est-ce que je cherche ? Je suis une brume, je ne pèse rien, je suis intangible.

Ce n'est donc plus tout à fait moi qui finis par m'approcher d'une cible, plutôt un androïde que je pilote à distance, qui note mécaniquement devant lui la présence d'yeux verts, noirs ou bleus. Bien sûr, c'est au moment de parler que l'androïde dysfonctionne. Consonnes et voyelles s'écrasent contre un mur sans franchir le palais. Mon *body langage* est catastrophique, je me voûte, je me tortille. Je ne récolte que des sourires aussi polis que méfiants et des excuses plus ou moins crédibles. Je suis pressée, mon copain m'attend, je suis en retard au travail – petites phrases de rien du tout qui font néanmoins surgir, dans l'état de sensibilité où je me trouve, tout un pan de leur vie. Malgré moi, je suis frappé par cette idée qu'il vaut mieux oublier si l'on veut devenir un séducteur compétent : chacune d'elles est un individu complet. Chacune est une multitude dans la multitude, un ensemble, une polyphonie de goûts, de dégoûts, de peurs et de désirs, et c'est donc à côté de tout ça que je passe, toute cette somme de palpitations invisibles qui ne me paraissent pas moins importantes, finalement, que le simple contact de la chair. Le soir venu, affalé sur le canapé avec Fabian, je leur ferai subir à haute voix des tortures raffinées, arrachant leurs cils à la pince à épiler pour m'en faire une moustache, cousant leur bouche au fil de pêche, plongeant entre leurs jambes des objets de plus en plus longs, concombres, tuyaux, clarinettes, queues de billard, qui finiront immanquablement par ressortir d'un côté ou de l'autre et les transformeront en volailles à la broche. Je décrirai les détails à Fabian qui se régalera, en rajoutera dans le massacre et finira par prendre ses stylos pour illustrer mes paroles avec une précision de lanceur de couteaux.

Mais pour le moment, la journée n'est pas encore perdue. Du rendement, du rendement. Si j'en crois Boris, chaque refus me rapproche du jour de la réussite. Lui, quand il vient me voir, commence par corriger ma façon d'être assis.

— Regarde comme t'es fermé. Bras et jambes écartés, c'est la base pour transmettre l'idée que tu es un mâle dominant.

Comme un marionnettiste, il me repositionne.

Je n'ose pas me plaindre, alors j'invente des situations. Je peuple la journée de faux abordages, d'amorces imaginaires. Je déplore des réactions qui n'ont pas eu lieu, me vante de faits d'armes que je raconte en prenant ma voix d'homme, grosse et fière. Il m'écoute avec une moue sceptique. Il me fait répéter mes *openers*, mes stratégies de conversation, joue le rôle de la fille. Les intentions doivent être à la fois claires et subtiles. Une ouverture doit montrer une attitude positive, un sous-entendu grivois doit pouvoir être compris sans être trop accentué. Ma voix d'homme est de plus en plus surjouée, de plus en plus loin de mon timbre naturel, mais c'est à ce prix-là que j'arrache enfin à Boris quelques signes de satisfaction.

— Rappelle-toi toujours que tu as tout ce qu'il faut pour réussir. Tu te trouves moche mais tu es un 7, moi je te le dis, tu es un vrai 7. Je ne te le dirais pas si c'était pas vrai. Y en a, c'est des causes perdues, ils ne sont pas attirants et n'arriveront jamais à le devenir. C'est comme ça, au niveau de la beauté on n'est pas tous égaux. Évidemment je ne vais pas leur dire ça, je ne suis pas un connard. Mais toi, tu as tout ce qu'il faut pour réussir.

Puis il repart et je deviens muet de nouveau.

Les sessions de drague de rue se finissent généralement à la salle de sport. C'est le meilleur moment pour soulever de la fonte. Fracassé par les rejets de la journée, on cherche à se venger de soi-même. Je me cantonne sagement aux haltères de deux kilos, comme les plus frêles d'entre nous qui regardent de près l'action de leurs muscles, attentifs au moindre changement de forme prouvant leur existence. En général, les autres voient plus grand. La première fois, Fabian s'allonge sur un banc de développé couché. À sa demande, j'enfile quatre disques de cinq kilos de chaque côté de la barre. Un vague relief de biceps commence enfin à modeler ses bras, il est en confiance. Le dos arqué, les talons enfoncés dans le sol et le bassin pointé vers le ciel, il soulève la barre, la tient à bout de bras pendant quelques secondes avant de la redescendre. On entend le tremblement du métal dans le frottement des disques. Quand elle arrive au niveau de la poitrine, j'applaudis avec quelques autres. Mais la barre ne remonte pas. D'abord bloquée à l'aplomb des épaules, elle s'approche du cou de Fabian millimètre par millimètre. Boris arrive, s'accroupit près de Fabian dont les yeux exorbités opèrent une lente et difficile rotation au milieu de l'ovale écarlate, presque pourpre, qu'est devenu son visage.

— Tu peux le faire.

La barre se met à trembler de plus belle, repoussée par toute la force de Fabian.

— Je te jure, tu peux le faire. Tu me fais confiance ?

Un voile de sueur couvre son front. Des gouttelettes brillent, en rang, autour de ses yeux.

— Réponds-moi. Tu me fais confiance ?

Un minuscule hochement de menton, juste au-dessus de la barre prête à l'étrangler.

— Alors tu m'en fais une. Une seule.

Nous, autour, immobiles et silencieux, scrutant l'interstice entre la barre et le cou de Fabian, cet interstice qui aurait dû s'élargir mais qui s'amincit, s'amincit, jusqu'à ce qu'il ne soit plus possible d'ignorer que la barre écrase sa pomme d'Adam – et comme pour le confirmer, il se met à tousser et à s'étouffer en même temps, à éructer de la bave, on finit par se précipiter pour le soulager du poids de la barre et la remettre sur son support.

Il se redresse sur les fesses pour mieux tousser. Une veine a éclaté sur le dos de sa main, y laissant une lézarde sanglante qui goutte sur la mousse bleue des tapis de sol. Boris n'a pas bougé.

— T'aurais pu y arriver.

Il secoue la tête d'un air peiné, une main sur l'épaule de Fabian.

— T'aurais pu y arriver. Tu le sais, hein ?

Fabian fait oui de la tête, un tout petit oui d'enfant désolé.

*

L'année est rythmée par les soirées de bilan. Chaque semaine, les Princes se retrouvent au Manara et se comparent. Le lexique de la séduction est devenu pour tout le monde une langue adoptive, et les discussions sont si jargonneuses qu'elles ressemblent à des messages cryptés. Une hiérarchie se dégage, qui sculpte tacitement les rapports d'influence. Notre statut de perdant se reconnaît au fait qu'absolument tout le monde se permet de nous donner des conseils. À l'autre bout de l'échelle, ceux qui s'en sortent le mieux paradent sans complexe. Contre toute attente, Tanguy est de ceux-là. Il n'a plus rien à voir avec celui que nous avons rencontré six mois plus tôt : sa redingote victorienne s'est changée en blouson de motard, ses cheveux longs sont coiffés en catogan, un régime alimentaire strict est quasiment venu à bout de son acné. Il prend la parole avec une telle aisance qu'il semble toujours présider les débats et ne l'abandonne jamais plus d'une minute. À ceux qui sollicitent maintenant son avis sur leur cas, il adresse un demi-sourire signifiant qu'il est passé par là, lui aussi, et qu'à force de travail sur soi, il s'en est sorti. Son évolution spectaculaire atteste de la possibilité réelle, pour chacun de nous, d'une transformation. Il est cet ancien obèse devenu sportif de haut niveau, ce paraplégique ayant traversé l'Atlantique à la nage, cet homme-tronc peignant des chefs-d'œuvre en tenant le pinceau dans sa bouche. Boris ne rate jamais une occasion de le montrer en exemple ; pour pouvoir, il suffit de vouloir. Quand il est assis à une table, tout le monde l'écoute.

— Avant, je me voyais comme les autres me voyaient. On me disait que j'étais bizarre, je me disais que j'étais bizarre. Mais en fait, c'est nous qui créons notre réalité. Si je pense que je suis bizarre, les autres vont continuer de me trouver bizarre. Mais si je pense que je suis beau gosse, les autres vont finir par me trouver beau gosse.

Je tombe des nues. Est-ce que j'arrêterais de bégayer si j'oubliais que j'étais bègue ? Et surtout, jusqu'où faut-il plonger en soi, quels leviers faut-il manœuvrer pour s'envisager, tout d'un coup, hors du rayon projeté par le regard des autres ? Tanguy est-il doué d'une conscience supérieure ?

De plus en plus souvent, je fais l'erreur de prendre du recul. Quand nous sortons en bande, couverts de cuir et de daim, je nous vois d'au-dessus, comme observés par un oiseau. Je note malgré moi notre ridicule, nos rires qui sonnent faux, nos démarches fabriquées, nos commentaires qui pleuvent à voix basse au passage de la moindre poitrine. C'est presque un devoir : aucun individu de sexe féminin ne peut pénétrer dans le champ de notre regard sans être soumis à notre analyse. Certaines nous entendent. Je suis le seul à guetter leur réaction. Souvent, ce n'est presque rien. Quelques regards sont nettement scandalisés, quelques sourires affleurent, mais la réaction la plus commune est une absence de réaction. Vision fugitive d'Annabelle résistant aux assauts répétés, quittant son corps sous le regard des hommes. Je réprime ma compassion, rigole pour rentrer dans le rang. Autour de moi, des notes sont dégainées avec une assurance de petits juges. Moi, je m'abstiens. Je ne me prive pas de reluquer pour autant, jamais lassé par le continuum de fesses et de seins que déverse la ville, convaincu encore que le sort de ma vie ne saurait se jouer ailleurs qu'à l'intérieur d'une paire de cuisses. Mais le regard des autres voile ma contemplation. Leurs commentaires modèlent mes pensées, leurs rires gras ricochent sur mes images. Je suis écœuré.

Parfois, je me rends compte que rien ne m'oblige à continuer. Je fais alors l'erreur d'en parler à Fabian, et il me sort son dicton préféré : *ce qui ne te tue pas te rend plus fort*. C'est le mantra qu'il se répète à longueur de temps, qui l'apaise et l'aide à supporter les rejets perpétuels. Il se persuade d'être sur le chemin du progrès, et sa force de conviction finit par modeler la matière molle qui m'habite, mélange d'incertitude et de lâcheté. Je finis par ravaler mes doutes et penser comme lui qu'il faut simplement s'obstiner, encore et encore.

À la fac, les profs ont trop pitié de moi pour m'obliger à présenter des devoirs à l'oral. En allant les voir, j'ai consciencieusement joué mon rôle de bègue – déglutition douloureuse des consonnes, inspirations pénibles, grimaces d'exaspération. Je ne leur rends que des travaux écrits, bâclés en quelques heures à la BU.

Les apprentis intellectuels passent à l'oral dès qu'ils peuvent. Ils se pavanent sur l'estrade ou posent carrément une fesse sur le bureau, parlent fort avec de savantes torsions de poignets que j'imite inconsciemment sous la table. Leur voix déployée est un nuage de soie. Tous gardent un petit air entendu qui fait croire à un double fond dans leurs paroles. Parfois, l'assistance est parcourue d'un rire auquel j'oublie de me rallier.

Une fois dehors, dispersés dans des cercles de fumeurs, ils se complimentent entre eux. C'est au bord d'un de ces cercles que je peaufine ma transparence, le jour où Thadée décide de me prendre en main. J'aurais pu le voir venir, puisque Thadée parle à tout le monde. Il doit maintenant connaître l'intégralité de la promotion et réciproquement. Ses exposés sont brillants d'éloquence, imprévisibles, mais à côté de la plaque du point de vue du contenu, et les profs le charrient comme s'il était leur neveu. Dans le département, il est devenu un genre de mascotte.

Or, cette mascotte s'inquiète pour moi. Mes soucis d'élocution l'affligent, dit-il.

— La parole d'un homme est le reflet de son âme. Être, c'est dire. Au commencement était le Verbe.

Mon menton acquiesce. Il ajoute, en détachant bien les syllabes, que la diction est un noble art.

— Je vais au cours Florent, je sais de quoi je parle.

Il propose de m'entraîner suivant les méthodes apprises là-bas. Un col roulé rattache à son manteau un visage lisse d'où me contemple son regard concerné. Tout le cercle nous écoute. Avec Thadée, chaque situation peut devenir un sketch, on ne veut pas rater le spectacle. « Non » serait un mot facile à dire s'il ne commençait pas par un [n]. Alors j'accepte sans trop savoir à quoi je m'engage, juste pour que ceux qui nous regardent se désintéressent de mon cas.

Le surlendemain, Thadée jette son manteau sur le canapé du salon.

— On peut pousser ça pour faire de la place ?

Ça, c'est le meuble télé surmonté de l'énorme écran de Fabian, aussitôt relégué au fond de la pièce. La présence de Thadée dans l'appartement est aussi improbable que celle d'un cygne dans un égout. Face à face dans l'espace dégagé, il me demande de l'imiter.

— Il faut que tu projettes le son comme si tu voulais te faire entendre jusqu'à l'immeuble d'à côté. Ma.

— Ma.

— Na.

— Na.

— Ta.

— T-t-t.

— Encore. Ta.

— T-t-t.

— Ben alors ? Ta.

— T-t.

Je me frappe le torse pour empêcher la colère de monter. Je ne l'ai pas fait depuis longtemps et jamais devant quelqu'un d'autre que Schmid. Thadée me regarde, bouche entrouverte. Il a l'air de commencer à comprendre.

— Bon, on va essayer autre chose.

Il s'approche et me masse la mâchoire du bout des doigts. Mon regard fuit le sien, qui est calme. Il m'ouvre la bouche, imprime à mon menton un mouvement circulaire. Je suis une vache qui rumine. Pour m'apaiser, il m'invite à m'imaginer dans une forêt, sur la plage, n'importe où tant que je m'y sens bien. Sa voix est encore plus soyeuse que pendant ses exposés. Sa diction est parfaite, ses intonations tendres et délicates. Je devine pourquoi sans me l'avouer trop clairement. Sa voix est liée à son prénom, à ses vêtements, à ses traits fins et au velouté de sa chevelure. C'est une voix pleine d'argent.

Il faut ensuite que je gonfle les joues. Il appuie dessus et l'air s'échappe comme d'un soufflet.

— Ton visage, c'est la caisse de résonance de ta voix.

Il presse le bout de ses pouces sous mes yeux, sur les ailes de mon nez. Nous chantons bouche fermée et je sens le son voyager à la surface de mon visage.

— Maintenant on recommence. Ta.

— Ta.

Le mur dans ma bouche a disparu. Je souris avec lui.

Quand Fabian pousse la porte d'entrée, il marque un temps d'arrêt. Thadée a la main posée sur mon plexus pour s'assurer que le son vient du ventre.

— Salut.

— Salut. Thadée.

Il perçoit sûrement que Fabian détaille son pull en cachemire, ses Clarks à semelle de crêpe, les boucles débordant sur ses oreilles, serrées comme celles d'un Romain.

— Vous faites quoi ?

— Exercices d-de d-d-, d-diction, je marmonne.

Il siffle d'un air faussement admiratif, sans enlever son teddy.

— Pourquoi vous avez poussé la télé ?

— Il faut de la place pour que la voix puisse habiter l'espace, rime Thadée.

Fabian lâche une moue impressionnée.

— C'est possible de la remettre, j'ai besoin de jouer là.

Thadée me consulte d'un regard, je m'exécute déjà. Fabian s'affale sur le canapé en soufflant, l'air d'un mari qui rentre d'une dure journée de travail.

— Tu connais *Street Fighter* Thadée ? Tu veux faire une partie ?

Nouvelle consultation silencieuse, à laquelle je ne sais pas comment réagir.

— Pas trop longtemps alors, je dîne avec ma copine ce soir.

Nous encaissons. *Je dîne avec ma copine ce soir*. Ces mots ont été prononcés chez nous, entre nos murs, sous l'œil du papier peint jaune et des chaumières au point de croix. Quelque chose, dans cette phrase, tient du blasphème.

— Ah ouais t'as une copine ?

— Oui, toi aussi ?

— Of course, dit Fabian sans décoller les yeux de l'écran.

Thadée a un imperceptible rire du nez en s'asseyant à côté de lui. Le combat est plus serré que prévu ; même s'il a l'air de faire n'importe quoi avec la manette, mon invité arrive à se défendre, rend les coups, actionne par hasard des combinaisons de boutons qui aboutissent à des combos meurtriers. Béni par la chance du débutant, il s'amuse sans le cacher, fait des blagues, commente les échanges de coups, piaille d'excitation. Je rigole discrètement au bout du canapé. Plus il est volubile, plus Fabian est silencieux. Visage fermé, concentration maximale.

— Franchement, c'est mortel ce jeu, ça donne la pêche, insiste Thadée.

Il gagne le premier combat, Fabian gagne le deuxième. Il faut faire la belle pour les départager, et c'est Fabian qui succombe. À contrecœur, il serre la main que lui tend son adversaire.

— Merci, j'ai adoré. J'ai jamais eu de console, mais ça donne envie.

— Et dans la vie, tu t'es déjà battu ?

C'est la première fois que Fabian ouvre la bouche depuis un quart d'heure.

— Euh, non. Enfin j'ai fait de la lutte quand j'avais douze ans, mais pas sûr que ça compte.

— Tu m'apprends ?

Fabian est déjà debout, et d'un geste il se met torse nu. Thadée reste interdit un moment, puis se lève lui aussi et ôte son pull avant de le plier soigneusement sur le dossier. Ce que j'avais entrevu de lui à la fac se confirme : il s'adapte à tout ce qui lui arrive. L'un et l'autre ont la même musculature inexistante, mais Thadée gagne sur le terrain de la pilosité.

— Alors on se le fait à la gréco-romaine, d'accord ? Pas le droit de s'attraper sous les épaules, et pas le droit d'utiliser les jambes. Le premier qui pousse l'autre jusqu'au mur a gagné.

— Je te préviens, tu vas souffrir.

Thadée rigole à ce qu'il croit être une blague. On pousse les meubles pour dégager une zone d'action d'à peine dix mètres carrés. Je m'écarte dans un coin de la pièce, eux fléchissent les genoux et s'empoignent.

D'abord, c'est une immobilité parfaite. Leurs têtes baissées ne laissent voir que leur nuque. On entend des ahanements, des respirations saccadées. Juste au moment où je me dis que ça pourrait durer longtemps, Fabian laisse échapper un petit cri et Thadée recule d'un pas. Encore deux et il se retrouvera acculé dans le coin kitchenette. Sauf qu'il se reprend et c'est maintenant Fabian qui recule, centimètre par centimètre. Je pronostique intérieurement la victoire de Thadée – en fait, je l'espère –, mais alors

Fabian s'échappe sur le côté pour laisser son adversaire s'étaler à l'autre bout du salon, contre la table basse. Un réflexe de protection a amorti sa chute, mais il a quand même reçu le bord dans les côtes et se relève en grimaçant.

— C'est pas très fair-play ça.

— Dans les vrais combats, y a pas de règles.

— Les « vrais combats » ? Parce que t'as l'habitude des vrais combats peut-être ?

Fabian sourit sans répondre, l'air de dire « oh, si tu savais ». Je commence à le voir venir.

— Tu connais *Fight Club ?*

— Le film ? Tu veux qu'on se batte comme dans le film ?

Thadée pousse un rire aigu.

— T'es un peu taré toi en fait.

En guise de réponse, Fabian se met en garde.

— Mais je crois que je suis un peu taré aussi. T'as de la chance.

Les poings en avant, ils commencent à se tourner autour. Thadée esquive un premier coup de poing, puis il saisit son adversaire aux hanches – le temps d'une nanoseconde, on croirait qu'ils vont danser un slow – et remonte brutalement son genou dans son bas-ventre. Je vois les yeux de Fabian s'agrandir. Thadée le pousse vers le canapé où il s'écroule avec lui et, pour sceller sa victoire, l'embrasse sur la joue. Fabian se débat d'une main, l'autre pressée sur ses couilles meurtries.

— Y a pas de règles, t'as dit !

Je réponds faiblement au sourire de Thadée pendant qu'il se rhabille.

— Pour la revanche, c'est quand tu veux.

Le plus naturellement du monde, il me claque une bise, prend son manteau et s'en va. Je réalise que je n'ai pas bougé depuis une éternité. Il faudrait dire quelque chose. Toujours recroquevillé sur le canapé, Fabian détourne son visage pour ne pas laisser voir la larme de douleur qui roule sur sa joue.

Les jours suivants, Fabian rejoue la scène mille fois. Si l'autre n'avait pas été aussi fourbe, qu'est-ce qu'il lui aurait mis. Il détaille ce qui aurait dû se passer : trompé par une feinte du gauche, Thadée aurait relevé sa garde, aurait pris un direct du droit en plein ventre, puis, au moment où il aurait été plié en deux, un coup de genou dans la gueule, *histoire de bien le finir*. Il ne comprend pas ce qui m'a poussé à le laisser s'inviter comme ça, lui, avec sa tête de faux-cul, qui pue le mensonge à des kilomètres à la ronde. Parce que oui, c'est une évidence, la copine de Thadée n'existe pas. Ce n'est qu'un alibi. D'ailleurs, Fabian a bien senti le plaisir que l'autre avait à le toucher, prétend même qu'il lui pétrissait les épaules pendant la lutte, que c'est la raison pour laquelle il a dû s'esquiver de cette façon. Sans parler du baiser final, ni du fait qu'il est inscrit à un cours de théâtre. Autant d'indices qui mènent à une conclusion évidente : il est *de l'autre bord.*

Je ne réponds pas grand-chose. Je n'en pense rien et en fait je m'en fiche. De cet épisode, je ne veux rien garder d'autre que le plaisir des exercices théâtraux ; la voix soudain déliée dans le souffle, les voyelles gonflées par le ventre, les consonnes dociles. Ce que Fabian retient contre Thadée comme un élément à charge est précisément ce qui m'a plu.

De retour à la fac, je cherche sa présence avec l'espoir de programmer une autre séance du même genre, mais lui m'évite. La compassion a disparu de son regard, remplacée par une sorte de méfiance. Quand j'ose lui demander, il m'affirme qu'il n'a pas le temps, qu'il doit s'entraîner à la lutte. Je comprends qu'il a dû raconter la scène à la façon dont d'autres me demandent de temps en temps : ça va avec ton coloc ? L'ironie de la question est évidente, et cache une moquerie dont je ne veux rien savoir. À présent, il suffit que je rejoigne le banc des fumeurs devant le hall pour que chacun se rappelle être attendu quelque part et me laisse en plan. Je comprends que j'ai eu tort en pensant révolu l'ordre social du lycée. Me voilà de retour chez les exclus.

Les partiels de mai commencent sans moi. Je ne remettrai pas les pieds à la fac. De toutes façons, je n'ai pas eu mon premier semestre et je vois mal comment j'aurais pu valider le second. Je ne lis plus du tout, ni philosophie ni romans. Fabian approuve, bien sûr. Il n'osait pas me le dire, mais il est sûr que les livres creusent dans le cerveau des mauvais tunnels qui embrouillent tout. Ils sont le porte-voix des faibles. Ils ne me font pas de bien ; la preuve, ils ont suffisamment émoussé ma virilité pour que je me sois laissé approcher par un théâtreux. J'acquiesce machinalement. On ne m'y reprendra plus. Le seul problème vraiment sérieux, c'est cette chose qui nous encombre et pèse chaque jour un peu plus lourd entre nos jambes.

Dans la queue du tabac, un quadragénaire en imperméable avec attaché-case et cheveux crantés : il l'a fait. La buraliste, sourire mécanique et mascara chassieux : elle l'a fait. Le gérant, passant derrière elle en luttant pour déplacer son ventre considérable : il l'a fait. Dans la rue, sur les terrasses, au sommet de la tour Eiffel, de la Sagrada Família ou du Machu Picchu, tout le monde l'a fait. Souvent, j'ai la vision de milliers de corps de tous les âges, de toutes les couleurs et de toutes les formes, remuant les uns sur les autres comme les milliers d'abeilles d'une ruche, enveloppés de toutes leurs haleines mêlées, formant une chaîne de peau sur des centaines de kilomètres et gémissant tous ensemble, à l'unisson, dans un orgasme planétaire.

Le sexe : un pays où tout le monde est allé sauf nous. Nous, les égarés, les timides, les introvertis, les mal-poussés, les trop sensibles. Des laissés-pour-compte venus d'un peu partout qui mettent leur désespoir en commun sur les forums de discussion que Fabian sonde dans sa chambre pendant des heures. S'y transmettent des histoires de dépression, de suicides, de manque d'amour.

Un soir, il découvre que ces gens ont un nom. Sans distinction d'âge, de milieu, de situation géographique ou professionnelle, tous se reconnaissent sous un terme unique : *incel*. Contraction de *involuntary celibate*, « célibataire involontaire ». Même des femmes peuvent être incels ; d'ailleurs, le néologisme a été formé par une jeune Américaine qui témoignait, sur un blog, de ses difficultés pour sortir du célibat. Mais cette communauté de solitaires s'étend à présent sur la planète entière : il y en a aux États-Unis, au Canada, en Argentine, au Japon, en Allemagne. Comme les adeptes des jeux en ligne, ses membres n'ont jamais communiqué autrement qu'à travers leurs écrans. Tous ont en commun le carreau de lumière bleutée qui éclaire leur visage dans la pénombre d'une chambre, ainsi que leur revendication au droit à l'amour et à la sexualité, malgré leur position opposée, sur le spectre social, à celle des Chad et des Stacy.

— Chad, le quarterback, Stacy, la reine du bal, explique Fabian.

Par le biais d'une terminologie venue des campus universitaires, les Chad et les Stacy représentent la quintessence de la séduction. Ce sont ces gens anormalement beaux qui ne peuvent pas déplaire, les 10 sur 10 que nos sociétés hypocrites, en se cachant derrière l'idée que la beauté serait subjective, font semblant de ne pas distinguer. Des aimants qui attirent le regard, réveillent le corps, allument la mèche d'un désir irrépressible. Je reconnais dans cette description les démones du métro et les prédateurs du terrain de basket. Grâce aux incels, je prends conscience de leurs privilèges. Du haut de son trône, le Chad n'a besoin d'aucun effort pour séduire; il lui suffit d'apparaître et de profiter de ce qu'il dégage. Rétrospectivement, il m'apparaît évident que Giacomazzi en était un. Est-ce une coïncidence s'il a détruit ma vie sociale? Fabian, appuyé par le chœur des incels de tous les pays, soutient que non. Les Chad, bénis par la nature et adoubés par un ordre social qui nous rejette, sont voués à nous écraser. Sur les forums, on les tient pour l'ennemi public numéro un. On se prend à rêver au jour où les oubliés du marché sexuel se rebelleront. Pour plaisanter, certains appellent au *beta uprising* – le soulèvement des mâles bêta. Ainsi le monde saura que nous existons, que nous souffrons, et que nous n'en pouvons plus.

L'identification à cette nouvelle catégorie sociale nous apporte une sorte de plaisir amer. Savoir que l'on a perdu d'avance fait éclore le soulagement de ne plus avoir à se battre. Dès lors, l'appartement se met à vivre dans une semi-obscurité perpétuelle. Les pointillés lumineux dessinés par le soleil à travers les volets sont le seul indice qui nous rappelle son existence. Comme moi, Fabian coupe les derniers liens qui l'attachaient encore à ses études. Nous ne sortons plus que pour nous ravitailler en Coca, chips et surgelés, avant de rejoindre en vitesse notre nid malodorant où le temps s'est arrêté, absorbé par la lumière bleutée de l'écran du salon et par la console qui tourne pendant des heures.

Ni lui ni moi ne répondons aux appels de Boris, incapables que nous sommes de sortir de la roue du ressassement. Notre dégoût de nous-mêmes occupe tout le territoire de nos pensées. Un élan masochiste me pousse à passer de longues minutes devant le miroir de la salle de bains où, sans me lasser, je mesure les petits riens qui me séparent d'un beau visage. Il suffirait d'un menton plus fort, de mâchoires mieux dessinées, de sourcils plus épais, d'un écartement des yeux réduit d'à peine un centimètre. Le paradis à quelques coups de gomme et de crayon.

Fabian préfère s'oublier dans les jeux vidéo. Il a fini par atteindre un niveau de maîtrise exceptionnel, et souvent je lui tends un micro imaginaire en imitant un interviewer. Quelques mots pour vos fans ? Peut-on dire que ce coup incroyable a été un tournant dans votre carrière ? Oh, vous savez, répond-il, si vous m'aviez vu à l'époque vous ne m'auriez pas reconnu, ça je peux vous le dire, je ne ressemblais pas du tout à celui que je suis maintenant et si je n'avais pas connu le vrai désespoir je serais quelqu'un d'autre, ça j'en suis sûr, c'est pour ça que je suis reconnaissant à la vie de m'avoir imposé cette épreuve, d'avoir été au fond du trou, vous savez ce que dit Nietzsche, « ce qui ne te tue pas te rend plus fort », eh oui, c'est ça qui m'a rendu plus fort, c'est ça qui m'a permis de découvrir celui que je suis vraiment, que j'ai toujours été au fond de moi.

*

À mes parents, j'assure que tout va bien. Ils ne voient pas mon teint blafard et mes cernes lourds, ou ne veulent pas les voir. Chaque week-end de retrouvailles, ma mère me demande quand est-ce que je leur présente ma copine. Mon père se contente de sourire en coin en me tapant dans le dos, connivence muette et sans objet.

Je traîne sur la place dans un mélange de crainte et d'espoir de croiser Annabelle. La dernière image que j'ai d'elle se résume à ses yeux fous, à ses mains serrées autour de mon cou. J'aimerais seulement m'excuser. Je pourrais l'appeler, mais je suis bien trop lâche. Alors, à demi caché par un bosquet, je guette depuis l'extérieur la baie vitrée des Giacomazzi où s'agitent des silhouettes vagues. Je reconnais la mère qui fait le ménage, le père qui rentre du travail et passe à quelques mètres de moi sans me remarquer. Une fois, j'aperçois Elby qui arrive à pied avec un énorme sac de sport à la main. Il s'est rasé le crâne, et le soleil fait briller le duvet blond qui repousse sur ses tempes. Je me détourne très vite mais il a le temps de me voir et pose sur moi un regard tellement atone que je me demande s'il me reconnaît. Il se contente de m'adresser un petit salut de la tête qui me détrompe avant de disparaître dans la maison. Annabelle est la seule à ne jamais se montrer, et je ne sais pas s'il faut y voir une coïncidence ou un signe du destin.

Dehors, l'arbre tordu continue de rassembler les générations. Innocent n'est plus là pour raconter ses fabliaux érotiques, mais ces histoires-là n'ont besoin de personne pour circuler jusqu'à la fin des temps. Aujourd'hui je ne reconnais plus grand monde, et les rares qui me sont familiers ne me jettent qu'un regard indifférent, accompagné parfois, pour ceux qui se souviennent de moi, d'un crachat de mépris. J'appartiens aux dossiers du quartier. Je n'existe plus dans le présent.

Un jour, je grimpe le talus jusqu'à la clairière. La pierre plate est toujours là, offrant son assise à qui veut, mais elle est maintenant cernée par des canettes froissées et des bouteilles vides. Mon ancien refuge est devenu celui de quelqu'un d'autre.

C'est la même chose pour la chambre, dorénavant territoire exclusif de ma sœur. Des posters de Britney Spears, Madonna et NSYNC grignotent chaque centimètre carré de mur. Les environs de mon lit constituent une zone encore à peu près neutre, aux pieds duquel les livres de l'oncle moisissent dans leurs cartons. Je me doute que ce n'est qu'une question de temps avant l'annexion complète. Les bras croisés, Emmanuelle me regarde prendre connaissance de ma défaite. Je reconnais sur ses traits le masque rugueux des adolescentes qui m'ont éjecté du bus.

J'y dors mal. Ma sœur rue dans son sommeil comme quand elle était petite. J'ai l'impression d'être envoyé dans un passé dont on m'a effacé par erreur.

Un week-end, mon père attend de se retrouver seul au salon pour m'appeler. Il a sorti une bouteille de whisky et deux verres à liqueur qu'il a remplis à la moitié. Nous les levons avant de boire ; je sens qu'il va dire quelque chose, il a l'air d'essayer, mais il se contente finalement de me proposer une gauloise. Il n'y a rien de particulier à célébrer. Je sens le whisky traverser ma gorge et tirer une entaille enflammée jusqu'au fond de mon estomac. Une boisson d'homme. Traduire : une boisson dont l'intérêt est de prouver aux hommes qu'ils en sont.

Nous fumons. Il veut que je lui raconte un peu ma vie, les amis, les amours. Du bout des lèvres, je lui parle de Fabian, Boris, des sorties à Paris, en tournant les choses de manière à faire croire à une jeunesse saine et normale. Il hoche la tête d'un air appréciateur, dit qu'en Pologne, il avait lui aussi une bande de copains inséparables. Des copains qui lui ont appris à boire, à courser des chèvres dans les champs, à conduire sur des routes verglacées. Il baisse la voix pour m'avouer qu'ils se sont tous cotisés, un jour, pour se payer une prostituée. Elle recevait dans un appentis au fond d'une cour ; ils y étaient tous allés, un par un.

— M-m-mais t-t-t'avais quel âge ?

— Je sais plus, quinze, seize ans.

Son regard se perd par la fenêtre. Il tient la bouteille par le col et caresse le verre sans s'en rendre compte.

Quelques jours seulement séparent ce moment-là de celui où je me retrouve, avec Fabian, sur le parking dont il a récupéré l'adresse par Tanguy. Je ne suis pas sûr que la discussion avec mon père ait vraiment accéléré ma décision d'être là, mais le fait est que j'y suis. Tanguy, d'après ce qu'il a bien voulu nous confier, y est venu souvent. Si quelqu'un l'a aidé à sortir de sa chrysalide, c'est bien Kassia. Cela dit, l'information doit être tenue secrète ; Boris réprouve ce genre de pratique en arguant que dans la nature, les chasseurs se différencient des charognards.

Le van est garé au fond, au bord d'un bouquet d'arbres dont les branches viennent caresser le toit en y laissant des feuilles jaunes et brunes. Le périphérique passe juste au-dessus.

— On tire à pile ou face pour savoir qui y va en premier ?

Fabian a mis un de ses vieux sweats à capuche et garde ses mains dans la poche ventrale. Nous nous sommes promis l'un à l'autre de surveiller l'avancée de nos barbes respectives ; chez lui, quelques longs poils noirs ont l'air de vouloir relier le menton à la lèvre supérieure, dessinant la promesse d'un bouc. Peut-être suis-je en train d'assister aux derniers instants de Fabian-petit-garçon avant la naissance de Fabian-homme.

La porte du van s'ouvre et l'occupante en descend en mules à pompon et peignoir japonais, une casserole à la main, pour aller la vider sous les arbres. Elle nous tourne le dos, vue sur un chignon de dreadlocks brunes aux fils blonds. Elle nous aperçoit juste avant de remonter, nous sourit, fait même un signe de la main avant de refermer derrière elle.

— Lance la pièce, je choisis face.

Je lance, c'est pile. Il me tape dans le dos, cherche quelque chose à dire mais reste finalement silencieux. Je traverse le parking, toque à la porte. Celle qui doit répondre au nom de Kassia m'ouvre et me salue d'une voix hantée par un million de cigarettes. J'ai préparé mon texte sur mon portable que je lui mets sous le nez.

— T'es muet ?

Je hoche la tête.

— Rentre.

Le lit occupe une bonne moitié de l'espace, bordé par un petit réchaud, un bout de plan de travail croulant sous les orchidées, un placard. Les parois sont couvertes de tentures ésotériques et des vêtements fins sont suspendus à des cintres devant les vitres arrière, agissant comme des calques de couleur. Un mélange de tabac froid, d'encens et d'huiles essentielles parfume le van. Je m'assieds sur le matelas à côté d'elle.

— T'es jeune. Tiens, déjà.

Elle dépose sur mes genoux une capote à l'emballage violet. Je lui donne à peu près trente-cinq ans. Ses lobes sont percés de spirales noires aux extrémités pointues, des bribes de tatouage affleurent sous le col de son peignoir. Elle me dit «je suis nomade»; je m'attends à ce qu'elle développe mais non, rien ne vient à la suite de ce mot qui a l'air, vu la façon dont elle le prononce, d'éclairer tout son monde, de tout expliquer. Elle me contemple avec une intention sensuelle. Sa mâchoire inférieure semble légèrement déviée, la ligne de ses lèvres un peu oblique. Sans me quitter du regard, elle fait glisser sur ses épaules le peignoir japonais, se laisse tomber en arrière. Son chignon se défait et les dreadlocks se répandent autour de sa tête. La nuisette qu'elle porte en dessous ne couvre déjà plus rien. Le tissu fuit de lui-même sous les aréoles de ses seins et au-dessus de son aine. Elle n'a pas de culotte. Je vois de mes yeux le sillon ourlé, rose-brun et parfaitement glabre qu'elle commence à masser doucement. Je suppose que c'est le moment de défaire ma ceinture et de baisser mon pantalon. Elle se relève pour empoigner mon membre. Sa main est froide, mécanique. Je suis flasque. Je caresse son sexe doux et tout à fait sec. Elle se met à couiner tout de suite, très fort. Je fais entrer mon majeur, elle hurle en me regardant dans les yeux. Son poignet va de plus en plus vite, de plus en plus fort, mais je ne durcis pas. Elle finit par essayer avec sa bouche, dont je sens avec une précision glaçante tous les reliefs intérieurs, dents, glotte, palais. Quand elle la retire, je vois des traces de rouge à lèvres sur ma peau. Elle déchire l'emballage de la capote et je sais à ce moment-là que je ne peux pas rester et la regarder essayer de l'enfiler sur mon sexe mort. Je renfile mon pantalon, ferme ma braguette, boucle ma ceinture. Elle ne fait rien pour me retenir. Avant de sortir, je laisse sur le lit les billets chiffonnés que j'avais préparés dans ma poche.

Fabian m'attend à l'autre bout du parking, assis sur une butte herbeuse.

— Alors ? Ça y est ?

— Eh ouais.

— Jure ?

— Ben tiens, sens.

Je lui fais sentir mon majeur, dont il inspire l'odeur en fermant les yeux.

— Ah mon salaud. Bon ben à moi.

Il traverse le parking, toque à la porte, disparaît dans le van. Je prends sa place sur la butte, tournant le dos à mon échec. Devant sinue la route par laquelle nous sommes venus, bordée de clôtures, de préfabriqués, et d'un camion à frites dans un virage. Je viens d'apprendre ce que je pressentais déjà : que la simple nudité de la chair ne garantit ni joie ni plaisir. Je me mets à pleurer.

Mes yeux ont eu le temps de sécher quand Fabian ressort.

— Alors ?

— J'ai pas réussi. J'ai pas bandé.

— Merde.

Nous repartons par la même route, en nous arrêtant dans le virage pour acheter une frite à emporter. Il me la paye en m'appelant champion, et nous ne disons rien de plus.

Au milieu de l'été, alors que nous venons de passer un mois de juillet dans la pénombre en compagnie de mouches de plus en plus nombreuses, Boris tape à notre porte avec insistance. Il fronce le nez en entrant, frappé par l'odeur de l'appartement que nous ne sommes même plus en mesure de percevoir. Je lui offre un verre de Coca dans lequel il trempe à peine les lèvres. Après contemplation silencieuse des lieux, il pose sur nous un regard navré. Nul besoin de l'écouter pour savoir ce qu'il a à nous dire : il sait que c'est dur, que le marché de la séduction est impitoyable, qu'il est frustrant de voir les autres réussir là où on n'arrête pas d'échouer soi-même. Mais il ne faut pas baisser les bras, l'acharnement finit toujours par payer, la ténacité est le secret de la réussite. En ce moment même, la ville est vidée de ses Parisiennes snobinardes et pleine de touristes polies qui ne demandent qu'à découvrir l'amour à la française. Il faut ressortir, s'accorder une nouvelle chance.

Fabian, sur le canapé, garde les yeux baissés. Je sais bien qu'il a tendance à en rajouter dans le désespoir, ce qui lui a valu dernièrement des tas de cadeaux de la part de Maryvonne, y compris une Ford Fiesta d'occasion jamais sortie du garage de l'immeuble. Pour autant, je ne suis pas sûr que ces consolations matérielles l'aient vraiment aidé à remonter dans son estime de lui-même, pas sûr qu'il sache supporter une nouvelle série d'échecs. C'est ce que je tente de faire comprendre à Boris en profitant de ce que l'intéressé aille aux toilettes. Il essaie de montrer une figure compréhensive mais je vois bien qu'il est agacé, lui qui ne s'occupe que de ceux qui veulent *vraiment* réussir. Malgré tout, une fois Fabian revenu et après une longue réflexion silencieuse, il nous fait une proposition. Ses parents sont partis en vacances et lui laissent leur maison en Normandie, à lui et à quelques amis, la semaine suivante. Ils en profiteront pour fêter ses trente ans. Pourquoi est-ce qu'on ne viendrait pas ? La maison est assez grande, la plage est juste à côté, il y aura du soleil et des filles qui n'attendent que ça. Fabian me regarde et je vois le sourire dans ses yeux avant même qu'il n'apparaisse sur ses lèvres.

Il ne quitte pas ses lunettes de soleil de tout le trajet. Sur la banquette arrière de la Fiesta, deux amis d'enfance de Boris parlent entre eux et lui essaie de s'incruster dans la conversation avec des blagues et des jugements tranchés. Il tient à conduire d'une seule main, malgré les fréquents écarts de la voiture vers la bande d'arrêt d'urgence. Arrivé à la maison, il commente tout, se roule dans l'herbe, mime un homme de Cro-Magnon devant le barbecue. Boris se fout gentiment de lui, les autres rient en se faisant des messes basses.

Nous sommes huit : Boris, trois amis d'enfance, Chloé, sa cousine, et nous. Les amis d'enfance sont grands, sportifs. Chacune de leurs phrases est prononcée avec aplomb et tous ont une mâchoire apte à raviver la mémoire atavique des femmes. Chloé et sa cousine rient fort et souvent, haussent la voix pour couper la parole, lancer des piques ou s'indigner. Toutes les deux sont belles. La cousine moins que Chloé, mais suffisamment pour avoir été invitée. Quand je les regarde, une hallucination fugitive me les montre en guêpière. Elles promènent sur Fabian et moi des regards taillés en pointe, se chuchotent à l'oreille des commentaires qui les font pouffer dans leur main. Devant elles, il m'est à peu près impossible de prononcer un seul mot. Ma langue se roule en boule pour cacher mes cordes vocales. Au mieux, je marmonne, je murmure, je baragouine. Comme un enfant timide dont s'amusent les adultes, Boris me met sur le gril pendant les repas, interrompant les conversations pour me poser une question dont tout le monde, subitement, attend la réponse. Un rouge violent me grimpe aux joues pendant que je regarde la nappe dans un silence qui gonfle sous le cliquètement des couverts. Personne ne dit rien jusqu'à ce qu'il me balance une tape dans l'épaule en disant T'inquiète, je rigole. Les amis d'enfance ricanent, Chloé chuchote quelque chose à l'oreille de sa cousine qui pouffe la bouche pleine. Je suis un enfant de vingt ans.

Fabian ne perd pas une occasion de se joindre aux ricanements. Je ne lui en veux pas, je le comprends. Je ferais pareil à sa place. D'une manière générale, il fait tout pour copiner avec tout le monde. Il s'intéresse aux discussions des amis d'enfance qui parlent principalement de surf et de voyages en Australie, pose des questions à Chloé à propos de son école de notariat, se préoccupe des groupes et plats préférés de la cousine. Mais malgré ses efforts, il est totalement impuissant face à la force profonde qui sépare le convoi au moment d'aller à la plage, projetant les six autres devant et nous deux derrière. À ce moment-là, il ne dit plus rien mais je sais qu'il m'en veut. Il m'en veut d'être bloqué avec lui, ou s'en veut d'être bloqué avec moi. Je le sens qui ressasse. J'aimerais lui remonter le moral, mais je commence moi-même à me résigner. Il y a les gens comme eux, et il y a les gens comme nous. Les Chad et les Stacy distançant les incels. On n'entend plus que le claquement élastique de nos tongs sur le chemin d'herbes sèches.

À la plage, les amis d'enfance déplient un filet de volley, marchent sur les mains, transpercent les vagues. Fabian les imite systématiquement avec un temps de retard et un supplément de maladresse. Dès le troisième match de volley, les autres tirent au sort pour savoir qui l'aura dans son équipe.

Chloé et sa cousine s'étalent mutuellement de la crème dans le dos et rigolent quand Fabian propose ses services. Elles enlèvent leur haut de maillot de bain pour mieux bronzer, s'allongent pudiquement sur le ventre quand Boris et ses amis sont là et se retournent quand il ne reste plus que nous. Nous sommes officiellement asexués. Derrière ses lunettes de soleil, je sais que Fabian détaille millimètre par millimètre la forme de leur poitrine, la taille et la couleur de leurs aréoles dont il imagine le moelleux dans sa bouche.

Je ne l'ai dit à personne, mais dans la voiture j'ai reconnu le chemin. De même que j'ai reconnu, une fois arrivé, les maisons à colombages, les garde-fous peints en blanc, le grand casino juste au bord de l'eau. Et bien sûr, j'ai reconnu la grande plage. La plage de mon enfance, la plage de mon rêve.

En tailleur sur ma serviette, je me revois promener ma solitude le long des cabines, chercher des mares entre les rochers, m'asseoir sur le rivage. Je me revois essayer de me faire des copains, la peur au ventre à l'idée de ne pas leur convenir. Aux enfants qui cherchaient des coquillages, j'offrais des coquillages ; à ceux qui faisaient des châteaux, j'offrais mon moule à sable ; à ceux qui sondaient les mares, j'offrais le seau de ma chasse avec ses étrilles capturées. Le film des souvenirs se dépose naturellement sur le décor, dont seule la foule s'est renouvelée.

Ma famille arrivait tous les jours avant dix heures, obligée par mon père qui craignait que la plage soit bondée et qui tenait avant tout à sa place sur le sable. Il fallait rester jusqu'à dix-sept heures, au moins, pour être sûr d'avoir suffisamment profité de la journée. Se fixaient dans le ciel bleu l'odeur et la texture de la crème solaire, le sable dans le sandwich du midi, la forme exacte de mes sandales découpée en blanc sur mes pieds rouges, le goût du sel.

Je vais m'asseoir au bord de l'eau, là où les vaguelettes tièdes viennent lécher les orteils. Petit, je le faisais toujours. Je préférais m'asseoir là plutôt que d'aller me baigner pour de vrai. J'étais même capable de m'allonger et de m'endormir sur place. Je me laissais réveiller par la marée montante.

Mon corps s'imprime dans le sable mouillé qui crisse autour de mes épaules et de ma tête. Mes jambes sont étendues dans l'eau. J'imagine que mes pores s'ouvrent, s'élargissent, et que ma peau se désagrège pour devenir un tas de sable rose sur le sable brun, vite dispersé par les vagues. Envolées l'envie d'être un autre, la peur d'être soi, envolées la convoitise et l'avidité, envolées la honte et la culpabilité, envolés les yeux d'Annabelle qui m'accusent chaque nuit, envolée l'obligation d'être un homme. Je disparais.

*

L'anniversaire de Boris tombe le troisième jour. Dès le retour de la plage, Chloé met de la musique très fort dans le salon pour que les basses inondent le jardin où les amis d'enfance s'activent autour du barbecue. Boris est d'excellente humeur et se balade torse nu, un serpent tatoué sur le flanc. Fabian est surexcité, se ressert des verres de tequila qui lui arrachent des grimaces douloureuses, ce qui amène Chloé et sa cousine à chercher l'animal auquel il ressemble le plus au moment précis où son visage se plisse, comme aspiré de l'intérieur ; elles proposent un iguane, un varan, une chauve-souris, et Fabian les interrompt en beuglant « un lémurien ! », soulevant une vague de rires. Boris réclame une photo avec le lémurien. C'est moi qui immortalise leur sourire de bienheureux, leurs yeux rougis par le flash, leur accolade qui sera en vérité la dernière.

Après le repas vient le moment des cadeaux. Fabian et moi nous sommes cotisés pour acheter à Boris un chapeau de cow-boy en daim qui remporte un franc succès. Chloé leur a réservé un week-end en Espagne, la cousine fait mine de fouiller dans sa poche pour en sortir un doigt d'honneur, les amis d'enfance arrivent avec un gros paquet bien emballé et des ricanements contenus.

— Haha, très marrant.

C'est un sextoy incroyablement sophistiqué : le moulage en silicone d'un cul rebondi surmonté d'une chute de reins, sous lequel naissent deux amorces de cuisses. La matière est douce et élastique, ferme et un peu grasse comme une vraie peau. La région génitale est incroyablement détaillée.

— Qui a eu cette idée de merde ? Allez, je vous fais quand même une bise. Bande d'abrutis.

Sa fausse offuscation fond dans les embrassades. Chloé annonce à qui veut l'entendre qu'elle va enfin pouvoir rompre sereinement, que l'avenir sexuel de son mec est assuré. Les amis d'enfance précisent qu'elle s'appelle Linda, qu'elle est agréable à vivre mais qu'elle a mauvaise haleine le matin. Ils font semblant de lui faire des avances, l'un d'entre eux lui donne une première fessée et alors tout le monde s’y met, Fabian allant jusqu’à déboucler sa ceinture pour cingler la croupe artificielle en criant «je suis un lémurien», ce qui refroidit un peu l’ambiance.

Vers une heure, allongé dans l’herbe, je dévisage une lune pleine et très jaune que mon ivresse fait trembler quand Boris rampe vers moi. Les autres sont dispersés dans la maison d’où s’échappe un morceau de Francky Vincent.

— Mon pauvre vieux.

Il s’est allongé à ma droite. Je sens le souffle lourd d’alcool qui enveloppe sa voix.

— T’as pas de bol quand même.

Je ne comprends pas tout de suite de quoi il parle.

— Tu sais ce que dit Lacan? «Le symptôme de l’enfant représente la vérité du couple familial.»

— Ç-ç-ça veut dire quoi?

— Que ton bégaiement est ta façon de répondre aux problèmes de tes parents. Ça communique bien entre eux?

— N-n-non.

— Ben voilà.

On entend une série d’exclamations aiguës indiquant le strip-tease d’un des amis d’enfance.

— Il faut que je te présente Concarnadis. Je t’ai déjà parlé de Concarnadis?

— Oui.

— Je lui dois tout. Tu sais, il faisait les sessions de drague de rue avec nous au début. Il avait déjà la cinquantaine, mais dis-toi que c'était lui qui faisait les meilleurs scores.

— Et p-pourquoi faut que tu me le p-p-p, enfin que je le rencontre ?

— Il est hypnothérapeute. Il est très fort, je suis sûr qu'il pourra t'aider.

Du bout du jardin nous parviennent les hoquets de quelqu'un qui vomit. La lune tremble toujours au bout de mon regard, comme un pendule. Je ne me suis jamais fait hypnotiser.

Un cri succède aux vomissements. Tout le monde sort et se dirige vers le bout du jardin, où se tient la cousine, le doigt pointé vers un bosquet d'arbustes parfumés. En se penchant vers une trouée dans le feuillage, on voit distinctement Fabian, le pantalon aux genoux et les mains entre les cuisses. À côté de lui, gisant dans l'herbe, la croupe artificielle est tendue vers qui veut.

— Sors de là.

Boris relève Fabian en l'attrapant par le cou. Il le regarde dans les yeux et serre de plus en plus fort. Fabian fait le bruit d'un ballon qu'on dégonfle. Ses mains, en saisissant les poignets de Boris, font apparaître un sexe bref et bizarrement pointu, courbé comme un bec sous son ventre imberbe.

— T'es un taré, dit Boris.

Le regard suppliant de mon ami ne l'émeut pas.

— Un gros taré. Je ne peux rien pour les causes perdues. Personne ne voudra jamais d'un gros taré comme toi.

La cousine surexcitée crie à moitié en racontant qu'elle l'a entendu dans le bosquet, que le bruit était aussi dégueulasse que l'image. Boris n'a toujours pas desserré sa prise.

— Tu vas prendre tes petites affaires et tu vas dégager dans ta petite bagnole.

— Il a bu, je dis.

— C'est bien, ça lui fera plus de chances de se prendre un platane.

Boris le lâche enfin et Fabian détale vers la maison. À voix basse circule le constat : c'est un taré. Des regards dégoûtés se posent sur le sextoy que personne ne voudra toucher avant le lendemain et qui finira directement à la poubelle. Boris me demande sans douceur : Et toi tu fais quoi ?

Je regarde la maison, le jardin. Je pense à l'hypnothérapeute. Je voudrais dire que je reste mais tout est bloqué dans ma bouche et rien ne sort. Alors je ne dis rien, je ne bouge pas, et le simple fait de ne pas bouger représente une décision.

Fabian s'en va sans que j'aie eu à croiser son regard.

Quand je reviens quelques jours plus tard, ses affaires ne sont plus là. Disparus l'écran au milieu du salon, la console au pied du meuble, l'ordinateur dans sa chambre. Son armoire est vide, sa trousse de toilette envolée.

Je prends une douche, ouvre les fenêtres en grand, chasse au plumeau les filaments de crasse qui pendent du plafond, promène le bec de l'aspirateur jusque dans les coins et les creux des plinthes, essuie au chiffon le dessus des armoires et placards, vide un par un les détergents stockés sous l'évier, passe l'éponge en traçant des cercles, des droites, des trapèzes, astique les carreaux, brique le carrelage de la salle de bains, descends les poubelles, et sans avoir eu le temps d'y penser j'appelle Annabelle.

Un seul être s'en va et tout est repeuplé. L'absence de Fabian fait circuler dans l'appartement un air nouveau. L'indécidable couleur de la tapisserie, que j'ai toujours vue jaune foncé, m'apparaît dorénavant d'un orange pâle. Elle n'en est pas moins laide, mais d'une laideur plus jeune. Je remarque certains détails pour la première fois : une petite étagère à épices clouée au-dessus des plaques électriques, une coulure de plâtre, une forme abstraite du papier peint qui se révèle être un oiseau. Le silence lui-même est gonflé de promesses.

On se voit le trente et un, a dit Annabelle en me donnant l'adresse du théâtre. Par miracle, l'attente ne génère aucune angoisse. Je ne me ronge pas les sangs en comptant les heures. De lui-même, calme et tranquille, le temps s'écoule vers le trente et un août.

En revanche, l'excitation est bien là, et monte si haut que je reprends la technique du monologue. Dans ma chambre, je parle tout seul, dans le salon, je parle tout seul, aux toilettes, je parle tout seul. Je commence même à parler tout seul à l'extérieur, sans m'inquiéter d'être pris pour un fou. Je dis à peu près n'importe quoi pour maintenir un flux, et parfois j'arrive à le tenir jusqu'à un tabac ou une boulangerie d'où je repars avec un achat plein de consonnes – cannelés, quatre-quarts, paquet de Camel, ticket à gratter. Certains soirs où rester enfermé est impossible, je descends dans un bar du bout de la rue, je m'installe seul au comptoir et je commande un whisky. Je suis la brûlure familière du liquide dans ma tuyauterie interne. Je me sens tellement bien que j'engage la conversation avec un voisin de comptoir en parvenant à tenir le bégaiement au fond de ma poche, serré dans mon poing. Boris m'a promis une rencontre avec Concarnadis très bientôt, mais je vis comme si elle avait déjà eu lieu et que l'hypnose avait dénoué ma voix.

Le jour où ma sœur, un peu forcée par mes parents, vient me rendre visite, je sens pour elle un improbable élan de tendresse. Je suis allé acheter du Coca et des crocodiles en gélatine qu'elle regarde en haussant un sourcil dédaigneux. Elle va à la fenêtre pour s'allumer une cigarette qu'elle crapote rapidement, pas encore très sûre de comment la tenir. La conversation se tarit d'autant plus facilement que c'est moi qui suis en charge de la mener. Mais je suis content de la voir là, rencognée à l'autre bout de la pièce, *chez moi*. Elle promène son regard sur la décoration sans cacher son dégoût. Avec un débardeur qui a dû rétrécir au lavage, elle porte un de ces pantalons blancs immodérément moulants comme j'en ai vu sur les clientes du Santiago Café.

— T-tu t'es percé le nombril ?

— Non, c'est un clip.

Elle ouvre l'anneau doté d'une chaînette et me l'agite sous le nez. Je chasse l'idée selon laquelle

elle doit commencer à se faire accoster par des garçons. Sûrement a-t-elle été notée, commentée. Être mineure ne l'en protège pas, être ma sœur non plus. Est-ce qu'elle le sait ? Est-ce qu'elle le sent ?

Quand ma mère vient la chercher, elle est précédée comme d'habitude d'une phrase sans fin qui brasse ensemble les sujets du jour, les grèves, les travaux dans Paris, mon appartement, l'accoutrement de sa fille. Elle se laisse tomber dans un fauteuil en soufflant, fait tout un tas de petits gestes inutiles comme chasser une mèche invisible, tapoter son genou, fouiller dans son sac, ouvrir et refermer les boutons de son gilet. Chaque fois, ces gestes la relancent, l'aidant à construire autour d'elle une impénétrable muraille de paroles. Je repense à la phrase de Lacan. Pour la première fois, je me demande depuis quand ma mère vit à l'intérieur de cette muraille de paroles, protégée du moindre silence.

Puis elle me demande des nouvelles. Elle veut être confirmée dans son idée que je vais bien, que je me débrouille, que je n'ai pas besoin d'assistance. J'obéis. Je ne dis rien qui puisse l'inquiéter, j'embellis gentiment le réel. Quand je parle du séjour à Trouville elle s'exclame Ah, Trouville ! et laisse se déverser dans la seconde une foule de souvenirs de vacances, la plage, le casino, les restaurants de fruits de mer.

— Tu adorais rester assis au bord de l'eau, là où elle est chaude, tu te souviens ?

Oui maman, je m'en souviens. Je m'en souviens si bien que j'en rêve toutes les semaines sans savoir pourquoi.

— Même qu'une fois, oh là là j'ai honte, tu vois ce que je vais dire ? Non ? Une fois, on est partis en t'oubliant là-bas. Emmanuelle était encore toute petite et il fallait s'occuper d'elle tout le temps, et un jour on a cru qu'elle avait attrapé une insolation alors on a filé à l'hôpital et dans la salle d'attente on s'est rendu compte qu'on t'avait oublié là-bas, depuis quoi, bien une heure, alors ton père est retourné te chercher dare-dare, c'est affreux mais qu'est-ce que c'est drôle quand on y repense.

Je voudrais rire avec elle, mais je me trouve tout d'un coup incapable de réagir. Une tache de silence s'élargit en moi.

Je me souviens. Je me souviens de ce moment, sur la plage, où j'ai réalisé que mes parents n'étaient plus là. Je me souviens d'avoir parcouru la plage dans tous les sens. Je me souviens de m'être arrêté longtemps pour fixer chaque famille avec l'espoir que leurs traits recomposent les visages familiers de ceux qui m'avaient abandonné. Je me souviens des jours qui ont suivi et que ma mère semble avoir oubliés, durant lesquels je suis resté incapable de prononcer un seul mot. Je me souviens que dès l'instant où je me suis remis à parler, ma bouche était pleine de cailloux, de ferraille, de bris de verre aux bords coupants.

Ma mère me regarde en souriant faiblement. D'un seul coup, elle m'apparaît plus vieille. Je vois la fatigue sur ses traits, ses rides nouvelles, ses racines noires presque aussi longues que ses cheveux blonds. Elle ne sait pas qu'elle vient de désenfouir ma plus profonde blessure.

Ou peut-être que si.

Au moment du départ, je les serre dans mes bras un peu trop longtemps. Elles se regardent en haussant les sourcils.

Les muscles parfaitement sculptés de mon plastron se voient à travers l'ouverture de mon manteau, et je n'ai pas mis de pantalon sur mes jambières dorées ; pourtant, dans le métro, je garde mon casque sous le bras en prenant un air naturel. La fête se tient en plein seizième arrondissement. Je peux éventuellement passer, aux yeux des couples bien mis que je croise dans la rue, pour un serveur de réception privée en costume d'époque.

Le volume de la musique augmente à mesure que je monte l'escalier couvert d'un tapis rouge. Au dernier étage, la porte de l'appartement est grande ouverte. Une danseuse étoile discute avec une coccinelle géante sur le palier. À l'intérieur se massent peut-être une centaine de personnes, toutes aussi méconnaissables les unes que les autres sous leurs déguisements. Boris m'a assuré qu'il y aurait d'autres Princes Charmants, mais impossible d'en reconnaître un seul. Lui, en revanche, est parfaitement identifiable, nu sous un simple pagne de Tarzan avec une coupe de champagne à la main. Chloé, à côté de lui, figure une Jane encore civilisée, avec robe à volants et casque colonial comme dans le dessin animé de Disney. Ils ne savent pas où est Concarnadis.

— Patience. On est chez lui. Laisse les choses se faire.

Je vais avoir du mal à me montrer patient. Après ce que m'a dit ma mère, mon larynx embouteillé me semble montrer son point faible. Il faut frapper sans attendre. Je me mets en quête. Je ne sais pas vraiment ce que j'espère – me faire hypnotiser sur-le-champ, dans une pièce miraculeusement silencieuse ? Il faut d'abord trouver l'hôte et le reste suivra. Mon seul indice porte sur son âge, mais les générations se mélangent tellement que je pourrais aussi bien chercher au hasard. Le gros des invités semble constitué d'anciens étudiants mais la foule compte aussi plusieurs hommes d'âge mûr, sûrement des confrères. Je suis incapable d'imaginer Concarnadis autrement que comme un personnage sorti de chez *Tintin*, avec pendule et long bouc pointu. Les quinquagénaires présents à la soirée conviennent à merveille, élégants et inquiétants dans leurs beaux costumes. Leur déguisement se résume à un loup ou un masque vénitien.

L'appartement est suffisamment vaste et luxueux pour faire passer celui de Boris pour une mansarde d'étudiant. Je pousse des portes qui révèlent des chambres envahies, des alcôves pleines de faux Neo, de faux Batman, de fausses Leeloo Dallas. Au milieu d'une pièce se dresse Marie-La-Prude entourée d'un petit groupe, dans lequel je reconnais des amis de Boris, occupés à lui écrire au feutre sur le corps. On m'aborde, on tape sur mes pectoraux de plastique, on me défie en duel avec un glaive imaginaire. J'accepte les verres qu'on me tend, je me laisse porter de groupe en groupe, mais je me sens comme une abeille qui ne trouve pas l'entrée de la ruche.

Je finis par échouer dans la cuisine où la Schtroumpfette joue au jeu de la barbichette avec un type pas déguisé du tout. C'est un petit homme, la cinquantaine paterne, en pull camionneur, pantalon de velours et charentaises. Il a les yeux très bleus, des joues roses et charnues et des cheveux gris ébouriffés. La Schtroumpfette raconte n'importe quoi et il finit par laisser échapper un petit rire qu'elle sanctionne d'une bonne gifle. Il s'incline devant sa valeureuse adversaire qui va chercher du champagne pour fêter ça.

Je me retrouve seul avec le vaincu.

— Je suis déguisé en père de famille, s'excuse-t-il.

Il me tend un toast tartiné d'une matière verte et me propose de m'asseoir avec lui. Je retire mon casque pour me donner une contenance.

— Belle fête, non ? Un seul regret : qu'il y ait autant de super héros. J'ai proposé que tous les Superman et les Batman se battent entre eux pour qu'il n'en reste qu'un, mais ils n'ont pas voulu.

— Ah ouais.

— Les femmes font preuve de plus d'inventivité, comme toujours. Tu as vu celle qui est déguisée en Onze-Septembre ?

— N-non ?

— Ses jambes représentent les deux tours, avec des boules de coton blanc qui font la fumée, et au-dessus elle a simplement un haut bleu ciel. C'est caustique.

Il engloutit en trois bouchées trois toasts verts.

— Alors c'est toi le bègue, dit-il sans aucune transition.

Ma stupéfaction le fait sourire. Je n'ai buté qu'une fois, mais il l'a noté tout de suite.

— On connaît mal le bégaiement, poursuit-il. On pense que c'est une création névrotique de l'enfant pour traduire son rapport avec ses parents. Certains pissent au lit, d'autres refusent de manger, d'autres bégaient. Toi, tu bégaies.

Il remplit deux petits verres de porto rouge, en pousse un vers moi.

— On pourrait aussi penser que c'est une façon, pour l'enfant, de ne pas dire ce qu'il a à dire. De ne pas prendre le risque d'être incompris. De ne pas prendre ses responsabilités, en fait. Autour de cinq ans, il y a autant de petits garçons que de petites filles qui bégaient. Mais en grandissant, c'est surtout chez les petits garçons que le trouble persiste. Pour les filles, c'est très rare. Alors on pourrait penser, pourquoi pas, que le bégaiement est un moyen, pour le petit garçon, d'éviter de devenir ce qu'il doit devenir. Tu vois ce que je veux dire ?

Je hoche la tête lentement. Chacune de ses paroles fait couler en moi un liquide chaud. C'est l'oracle que j'ai toujours attendu. Sa voix est d'une infinie douceur. Grave, pleine d'harmoniques profonds qui scintillent comme des reflets sur un bois sombre et lisse.

— Devenir un homme, c'est difficile. Ça demande de la force, une force suffisante pour assumer ce qu'on est.

Il laisse planer un silence en regardant dans le vide.

— Devenir une femme, c'est autre chose. Tu sais, les femmes sont opprimées depuis des siècles. Les interdits de l'Église, les structures familiales, l'éducation à la vertu, tout ça pèse sur elles comme une épée de Damoclès au-dessus de leur tête. La moralité de la femme est soumise à une surveillance continue, à un contrôle de tous les instants. La femme est comprimée, empêchée, administrée comme un bien immobilier. Son désir est oublié. On la traite comme un objet, non comme un sujet. Imagine, toi, être traité toute ta vie comme un servant. Imagine que ce soit la même chose pour tes enfants, puis pour leurs enfants, et ainsi de suite. Imagine que cette soumission se transmette sur cinquante, cent, deux cents générations. Qu'arriverait-il aux enfants de la deux centième génération si, tout d'un coup, on leur rendait la liberté ?

Je hausse les épaules en signe d'ignorance.

— Ils seraient affreusement malheureux.

Son regard a acquis une espèce de dureté brillante.

— Ils seraient affreusement malheureux car ils ne sauraient pas quoi faire de cette liberté. La soumission leur serait devenue aussi naturelle que l'air et l'eau. Eh bien, pour les femmes, c'est pareil.

La danseuse étoile fait soudain irruption dans la cuisine. Elle pleure. Sans faire attention à moi, elle se penche vers Concarnadis pour sangloter sur son épaule et bredouiller quelque chose à propos d'un garçon qui l'ignore ou qui devrait l'ignorer, ce n'est pas clair. Mais lui donne les signes d'une profonde compréhension, hochant la tête en lui massant doucement l'omoplate. Tout en l'écoutant, il sort d'un tiroir un pochon d'herbe. Elle se met à rouler un joint et ses hoquets se calment. Au moment de l'allumer, elle a un gloussement à travers les coulures de mascara, l'embrasse sur la joue et disparaît comme elle est venue.

Concarnadis continue de sourire dans le vide pendant un petit moment, puis quelque chose se ravive dans son regard.

— Pour la femme, c'est pareil. La soumission, après plus de deux cents générations, se retrouve dans ses gènes. Le rôle de la femme est d'être soumise, celui de l'homme est de la soumettre.

Il trinque avec mon verre posé sur la table et vide le sien d'un seul coup. Je l'imite. Le bouquet sucré qui se diffuse dans ma gorge me semble être la traduction exacte de son timbre de voix dans le monde des saveurs.

— Imagine, imagine que tu puisses entrer dans une femme avec une queue toute molle, imagine que tu puisses t'installer en elle comme dans un bassin d'eau chaude et te prélasser là, te détendre, ne penser à rien sauf au plaisir de la chaleur et de l'humidité, imagine que tu puisses jouir comme ça, immobile, comme on s'endort, eh bien ça voudrait dire que les portes du bassin étaient grandes ouvertes, ça voudrait dire qu'il n'y avait pas besoin de les forcer – alors qu'en réalité, tu le sais comme moi, la condition pour rentrer consiste à transformer sa queue en gourdin, ou plutôt en bélier, comme au Moyen Âge, des coups de bélier sur les portes du château jusqu'à ce qu'elles s'ouvrent, ou alors à la manière romantique, si tu veux, on colle la tête du bélier aux portes déjà un peu entrouvertes et on pousse doucement pour s'introduire, mais là aussi il y a une poussée, et tout aussi romantique qu'on soit, il suffit de quelques mouvements pour sentir se réveiller en soi une bête du fond des âges, tapie quelque part dans la mémoire atavique, et cette bête exige que le bélier aille taper toujours plus loin, toujours plus profond, qu'il ravage autour de lui tout ce qui peut être ravagé, et on sait bien que toute la danse nuptiale qui a précédé n'avait pour but que cet instant-là, tous les ronds de jambe, toutes les politesses, toutes les minauderies de la fille, toutes les blagues du gars, tout le *game* en réalité, comme disent les autres, tout le *game* est fait pour ce moment de force brute, d'animalité pure, qui fait hurler la fille de plaisir et qui n'est rien d'autre qu'un viol.

Il tape sur la table du plat de la main.

— Oui, c'est un viol, c'est une intrusion forcée, ça ne sert à rien de s'en cacher, c'est la machine à gicler qui vient chercher sa volupté dans le milieu le plus adéquat, c'est notre programmation animale qui veut ça et notre conscience morale pudibonde qui le refoule, Freud l'a très bien dit, et la fille, quoi qu'elle en dise, réclame profondément d'être prise de force, elle a besoin de sentir le bélier violenter ses entrailles, c'est comme ça, son plaisir est parent de la douleur, sa jouissance nécessite la contrainte, je peux l'affirmer grâce à mon expérience, celles qui refusent la contrainte refusent aussi la jouissance, oui, je te jure, c'est comme ça, ce n'est pas un problème auquel il faudrait chercher une solution, c'est dans la nature même des choses, le moins qu'on puisse faire c'est de s'en rendre compte, toute pénétration est un viol comme ont dû le dire, probablement, tout un tas de féministes, eh bien là-dessus je suis d'accord, je dis que oui, c'est vrai, mais qu'une fois qu'on a accepté ça en tant qu'homme, une fois qu'on l'a digéré, on est nettement plus à l'aise avec sa conscience.

Il conclut sa tirade par un grand sourire. Je sens quelque chose fondre à l'intérieur de moi, un affaissement de la volonté. Je n'ai plus d'os, plus de vertèbres. Je ferais tout pour avoir sa voix.

Tout d'un coup, la cuisine est envahie. Deux types portent Marie-La-Prude au-dessus de la foule, couverte de graffitis et de pattes de mouche de toutes les couleurs.

— C'est pour un rituel, dit le premier. Tout le monde écrit quelque chose qu'il veut oublier et après on détruit le mannequin !

Une salve d'acclamations accueille le résumé. On tend le mannequin à Concarnadis, qui écrit quelques mots sous la nuque. Je choisis la cheville, seule zone encore libre, pour y tracer mon nom.

— Alors on y va, dit Concarnadis, tout le monde me suit.

L'appartement déverse ses invités dans l'escalier qui résonne. Le grand carnaval s'étire dans les rues, perd des membres en chemin. Ceux qui restent sont les plus motivés. On chante, on jette des bouteilles par-dessus la grille des squares. Concarnadis est à la proue, toujours en charentaises, le mannequin dans les bras. Il s'arrête au milieu du pont d'Iéna, où les troupes se calment en attendant de voir ce qu'il va dire. Il cherche l'inspiration, puis se contente finalement de brandir le mannequin et de le balancer par-dessus le parapet.

Moment suspendu où tous les regards convergent vers le corps léger porté par le vent, si léger que je crois un instant qu'il va disparaître dans le ciel plutôt que dans l'eau. Mais non, il fond dans la Seine avec une infinie légèreté, voguant quelques secondes avant de couler pour de bon. Une grande clameur explose dans la nuit.

Il y a un moment de flottement. Je suppose que l'étrange cérémonie a signé la fin de la fête. Les gens commencent à partir, ou simplement à s'éloigner du gros de la foule par grappes de trois ou quatre. Les derniers se massent autour de Concarnadis et s'échangent des messes basses. Je le vois sortir un petit sachet qu'il abandonne à ses invités, puis un autre. À l'intérieur, quelque chose qui ressemble à des pilules. Les invités en gobent une avant de se passer le sachet. Je garde la mienne à la main, en attente d'identification. La coccinelle géante et la danseuse étoile viennent se plaindre à l'hôte qu'elles n'en ont pas eu. Il fouille ses poches d'un air désolé, fait « ah ! » et sort un dernier sachet plus petit. Les deux filles avalent leur pilule avec gourmandise. Lui me fait un clin d'œil et me dit à mi-voix : Pour celles-là, traitement spécial. Rien de dangereux, bien sûr ; tout ce qu'il donne à ses invités, il l'a d'abord testé sur lui-même.

On rebrousse chemin, mais le mouvement s'arrête au niveau d'une placette, à quelques centaines de mètres de l'immeuble. Beaucoup s'asseyent ou s'allongent directement sur le pavé. Un Batman, mains croisées derrière la tête, commente des constellations invisibles pendant qu'une infirmière lui incline le goulot d'une bouteille au-dessus de la bouche. Inspecteur Gadget s'engueule mollement avec un autre Batman à propos de politique. Progressivement, les gens se calment. Quelque chose change dans la façon dont ils se parlent. Leurs gestes sont empreints d'une douceur nouvelle. Ils se touchent le visage, se prennent dans les bras. Je serre toujours la petite pilule dans ma paume. Il suffit d'un verre pour la faire glisser dans ma gorge.

Amour infini. Pluie rose et silencieuse dans le ciel noir. Couleurs éclairées du dedans, gonflant les contours des choses. Un million de capteurs au bout des doigts et sur chaque pore de ma peau. Fourmillements électriques, pulsation du sang. Réseau de lianes poussant dans mon ventre, filet invisible soutenant mon corps. Emboîtement parfait de tout relief dans la matière molle de l'existence. Bonheur sans cause.

J'ai avec une totale inconnue la plus délicieuse des conversations. Elle n'a pas de sujet et embrasse pourtant la totalité de l'univers. Chacune de nos phrases fait vibrer un nuage quelque part, chaque mot est le bon. Les intonations sont jaunes et bleues, les paroles s'écoulent hors de nous comme des traînées de peinture. Je ne bégaie pas. Ses yeux devenus immenses sont reliés aux miens par un filin de cristal. Je ne connais pas son nom et n'en ai pas besoin, possédé tout entier par le sentiment que nous avons franchi les limites mesquines de notre état civil pour nous parler d'âme à âme, directement, perdus dans le grand tout et profondément libres.

Je me rends compte que nous ne sommes plus qu'une dizaine au moment où commence à se former le projet de rentrer à l'appartement. On se met en marche lentement, guidés par des trottoirs duveteux. Concarnadis soutient la danseuse étoile qui se masse le front d'une main. La coccinelle ne va pas mieux, appuyée sur l'épaule de Boris et obligée de s'asseoir tous les dix mètres. L'inconnue a disparu ainsi que Chloé, mais c'est probablement leur juste place puisque tout, dans mon état, paraît se trouver à sa juste place. Une fois arrivé, j'attends que tout le monde se répartisse les chambres, jusqu'à ce que Concarnadis m'emmène là où il compte me faire dormir.

La pièce, tapissée de livres, doit habituellement servir de bibliothèque. Le rouge des rideaux répond à celui des tapis. Dans un coin, couchée sur le ventre en travers d'un large matelas, la danseuse étoile.

— Demain, elle ne se souviendra de rien, chuchote-t-il.

Sans ouvrir les yeux, elle se débarrasse de son justaucorps. Elle ne porte plus que son tutu blanc.

— C'est pour toi.

Il me sourit.

— En cas de besoin, la porte ferme de l'intérieur.

Il me tapote l'épaule.

— Allez, va découvrir la vraie vie.

J'aurais pu fondre dans la voix de Concarnadis, dans ses reflets de bois sombre, j'aurais pu me convaincre qu'aucune conscience ne résidait plus dans le dos tourné vers moi, dans l'arête du coccyx touchant mon petit doigt, j'aurais pu choisir d'oublier l'existence d'un individu domicilié dans ce corps que le sommeil faisait ressembler à une maison abandonnée, j'aurais pu écouter la pluie rose qui continuait de tomber sous ma peau et me commandait de caresser tout ce qui pouvait être caressé, de caresser à l'infini, jusqu'à l'érosion de l'objet caressé, j'aurais pu remplacer la fixe contemplation du plafond par celle des membres dépliés, de la peau révélée sous le tutu de carnaval, j'aurais pu poser un baiser sur une paupière fermée qui aurait pu s'ouvrir, et l'endormie aurait pu me regarder, me regarder de tout près, de si près que seul un œil aurait continué de voir, et dans cet œil elle aurait pu m'apercevoir au-delà de mon silence, j'aurais pu sentir se déplier ses lèvres sous les miennes, sentir naître mon premier baiser, elle aurait pu m'offrir son haleine, s'agripper à ma nuque, couler son corps contre le mien, j'aurais pu contempler les paysages microscopiques dessinés par les reliefs à la surface de sa peau, respirer les alcôves où naissent les odeurs, elle aurait pu offrir à des zones de moi jamais touchées par personne un premier éveil, donner une conscience à tout un territoire de peau assoupie, faire fondre en quelques caresses l'écorce poussée sur la chair, j'aurais pu lui faire éprouver mon poids et sentir le sien, faire rouler ses hanches, m'enfouir dans le creux de son cou, m'entortiller dans ses cheveux, marquer partout sur son corps l'empreinte rougie de mes mains, elle aurait pu me faire entendre des sons qu'elle ne se savait pas capable de produire et me laisser mourir en elle, j'aurais pu arrimer mon ventre à son dos comme un bagage et suivre le decrescendo de sa respiration jusqu'au sommeil.

La salle est ovale et quadrillée de sièges pelucheux. Comme dans les petites villes, elle sert plus souvent de cinéma que de théâtre, mais tout le monde affecte de ne pas voir les affiches du *Seigneur des anneaux* ou de *Men in Black II* alignées sur les murs. C'est le seul endroit qui a bien voulu nous accueillir, explique le metteur en scène avec un sourire de dérision, sans ça il aurait fallu jouer dans la rue. Derrière lui, le rideau rouge chuchote et laisse parfois passer dans sa fente centrale un bout d'œil ou de nez. Bien sûr, poursuit le metteur en scène, nos stages d'été visent l'exigence mais aussi le plaisir, et je peux vous dire qu'on s'est tous beaucoup amusés à monter cette pièce, qui est une comédie mais aussi une réflexion profonde, comme toutes les comédies antiques, cela dit j'aimerais tout de même faire appel à votre indulgence, puisque deux semaines pour préparer une bonne représentation, c'est à peu près l'équivalent de cinq minutes pour préparer un bon dîner (rires). Sur ce je ne vous embête pas plus et je vous souhaite à tous un bon spectacle.

Fabian a remué, gigoté du genou, tapé sur l'accoudoir du bout des doigts. Je l'ai senti se raidir au moment de l'ouverture du rideau, quand est apparu ce groupe de femmes vêtues de robes bleues évoquant des toges. Je l'ai entendu soupirer, presque gémir, quand se sont projetées vers nous les premières voix. Le public a ri souvent, moi aussi. La troupe a salué plusieurs fois, retournant en coulisse puis revenant sur scène pour faire admirer aux gens debout une belle guirlande de sourires soulagés, avant de s'incliner encore. Lui ne s'est pas levé pour applaudir, et je crois bien qu'il est le seul.

Maintenant il est là, à mes côtés, agrippé à sa coupe en plastique comme à une bouée. Son malaise est tangible et me contamine, moi qui l'ai amené ici. Nous restons amarrés à la table du buffet où attendent des bouteilles de mousseux et des verrines compliquées. Tout le hall bruisse et roucoule. On trouve le sujet de la pièce, aussi antique soit-elle, follement moderne. Des femmes faisant la grève du sexe pour empêcher les hommes de faire la guerre, on aimerait voir ça aujourd'hui.

La troupe s'est dispersée, et chaque comédien ou presque est entouré de son îlot de soutiens, famille et amis. Les parents Giacomazzi sont autour d'Annabelle, rejoints par d'autres qui trottinent pour la féliciter. Comme sur scène, on ne voit qu'elle, longue et pieds nus dans la robe bleue qu'elle porte toujours. Elle qui a hérité du rôle-titre et l'a tellement bien défendu qu'on aurait cru la voir porter la pièce entière sur ses épaules, elle qui a tenu toute la salle dans le creux de sa main, lui chuchote une petite dame derrière qui je m'approche timidement. Ses cheveux, dorénavant coupés court, ont aussi été teints en un roux flamboyant qui l'auréole quand elle penche vers moi l'adorable irrégularité de son sourire. Je cille. J'ai tellement voulu la revoir. Maintenant elle est devant moi, et ce n'est plus moi qui suis devant elle. C'est un individu qui me ressemble mais que je ne reconnais pas, qui me recouvre et m'enferme comme un scaphandre. J'ai l'impression de me tenir debout à l'intérieur de ma propre cage thoracique. Le père Giacomazzi me donne une bourrade, la mère m'ébouriffe les cheveux, on s'émerveille de ma présence. Je m'entends leur répondre avec une espèce de latence. Tous les deux ont les joues rouges et regardent leur fille avec un orgueil qui déborde.

— Alors, ça t'a plu ?

— C-c-c'était v-v-vraiment s-s-sup, s-s-sup, incroyable.

Les trois éclatent de rire en même temps, comme les familles parfaites sur les boîtes de jeux de société.

La fille dominant ses parents d'une demi-tête, ayant cessé de se cacher derrière ses cheveux, leur offrant un sourire que je ne pourrais qualifier que de *viscéral* – et eux, soulevés d'extase de la voir ainsi, assez heureuse pour faire danser autour d'elle chaque atome d'air, assez puissante pour faire entrer tout le hall en combustion spontanée.

Un instant, j'oublie complètement Fabian. Il est resté derrière, toujours à côté du buffet. Une main tient sa coupe qu'il lape à gorgées rapides, l'autre est ballante. Ses yeux gris pendus à ses sourcils trop bas ne sont posés sur rien. Il ne scrute pas la salle comme je l'ai vu faire cent fois, à la recherche d'une cible à aborder, il ne lisse pas toutes les deux minutes ses cheveux calcifiés par le gel, il ne cherche pas à prendre la pose. Il semble avoir oublié qu'on peut le voir.

Il suffit de ce moment d'inattention pour qu'Annabelle soit accaparée par d'autres admirateurs. Son père ne se lasse pas de la regarder pendant que sa mère m'apprend que Louis-Baptiste s'est engagé dans l'armée. Oui, elle lui passera le bonjour de ma part.

— Sacrément baisable ta copine.

Revenu côté buffet, le petit rire sec de Fabian se jette entre nous comme un crachat. Je ne sais pas s'il distingue la répulsion dans la façon dont je le regarde. Lui ici, en plein milieu de ce trente et un août. Il ne voulait pas qu'on se fâche, m'a-t-il dit au téléphone. Il fallait se revoir, le retour chez Maryvonne était invivable, j'étais son seul vrai ami. Comment refuser ? Pris de court, j'ai bredouillé quelque chose à propos d'un emploi du temps chargé, d'obligations auxquelles il a fait semblant de croire. Surtout, j'ai eu le malheur de mentionner cette pièce à laquelle j'avais promis d'assister. Il a sauté sur l'occasion. Je l'ai prévenu que ça ne lui plairait pas, c'est lui qui a insisté. Il se foutait de la pièce, l'important était de se voir.

Et le voilà, aussi encombré de lui-même que je l'étais au printemps dans les rues de Saint-Michel. Sa simple présence empoisonne la joie souple qui circule autour de nous. C'est le moment d'Annabelle et lui, là par ma faute, gâte le tableau. Il faut s'en aller, laisser tous ces gens être heureux.

Assis au volant de sa voiture, il soupire et ne démarre pas. Pendant un moment, nous contemplons tous les deux le parking étrangement vaste du théâtre-cinéma. Je l'épie du coin de l'œil. Il a l'air de quelqu'un qui voudrait dire quelque chose. C'est à qui osera le premier. J'aimerais, moi, réussir à lui dire ce que j'ai compris pendant la nuit chez Concarnadis ; réussir à lui dire le sentiment d'absurdité qui n'a cessé de grossir à mesure que je regardais le plafond dans le noir, à côté d'un corps endormi qu'on m'avait jeté en pâture, un sentiment d'absurdité englobant à peu près tout ce qui m'était arrivé depuis cette minute passée dans l'obscurité avec Katell Le Men. J'aimerais réussir à lui dire dans quel état de résolution je me suis levé, comment je me suis enfui de la chambre pour être coupé dans mon élan au seuil du salon par la vision de Boris, nu sur le canapé déplié, ronflant dans la nuque d'une anonyme débarrassée de son costume de coccinelle. J'aimerais réussir à lui dire ce qui m'a poussé, à ce moment-là, à prendre le premier verre que j'ai trouvé et à verser son contenu – fond de champagne, mégots écrasés, particules inconnues – sur le crâne parfaitement lisse de notre ancien mentor pour regarder le tout couler le long de sa tempe, lui se redressant brusquement au moment où le liquide pénétrait son oreille et me dévisageant sans me voir d'un regard tout à fait inhabité, sans un gramme de conscience, avant de se frotter la tête et de se recoucher en grognant. J'aimerais lui dire l'impression que j'ai eue, à ce moment-là, de me libérer de quelque chose, d'un charme, d'un envoûtement, d'une croyance, et le merveilleux sentiment de légèreté qui s'en est suivi, sur le pont d'Iéna, quand j'ai vomi par-dessus le parapet avec la certitude que je n'expulsais pas seulement de la bile puante mais aussi quelque chose d'autre, quelque chose d'enfoui, d'immatériel. J'aimerais lui dire que la transformation que nous avons tant attendue ne viendra jamais, et que ce n'est pas grave, que d'autres transformations viendront que nous ne contrôlerons pas. J'aimerais lui dire que nous deviendrons des hommes de toute façon, puisque nous ne pouvons pas devenir autre chose.

C'est à ce moment-là que les comédiennes sortent par une porte de service. Les rôles féminins uniquement, une nuée de robes bleues. Distribution de cigarettes, les briquets tournent, les bouches rient. Annabelle flamboie depuis ses hauteurs. Tous leurs gestes ont l'air chargés d'un reste de courant électrique. Elles s'agitent en fumant, dansent un peu, s'égaillent le long des parois blanches, finissent toujours par reformer un groupe compact.

Viande à viol. Village-vagin. Des mots que j'oublierai.

Les joues de Fabian sont trop rouges sur sa peau trop pâle. Il reste bloqué, bouche entrouverte. Puis il a l'air de reprendre ses esprits et me dit :

— On ne peut pas se transformer.

Nous pensons donc la même chose. Un élan me commande de le prendre dans mes bras, mais nos ceintures sont déjà attachées.

— On ne peut pas se changer. Ça ne sert à rien de lutter.

Il démarre, sort la voiture en marche avant, remonte la longue allée qui débouche sur la salle d'où nous venons. En passant la seconde, il ajoute :

— C'est fini.

Et alors qu'il devrait ralentir pour tourner devant le bâtiment, là où le petit groupe est rassemblé, il accélère en ligne droite. Annabelle tourne la tête, ses yeux s'ouvrent en grand, et quand elle pointe le doigt vers nous, je comprends la même chose qu'elle : une voiture est en train de foncer dans la foule.

III

À l'hôpital, une gaze cotonneuse posée sur ma conscience m'empêchait de séparer clairement la veille du sommeil. Les silhouettes embrouillées assises autour de mon lit se précisaient dans mes rêves, et seulement à ce moment-là je reconnaissais mes parents, ma sœur, et même, une fois, la famille Giacomazzi au complet. Je me souviens aussi d'une paire de silhouettes inconnues dont on me préciserait plus tard la qualité d'enquêteurs de police, venus pour vérifier que mon état ne me permettait de répondre à aucune question. Pour le moment, les sédatifs tenaient loin de moi toute douleur, et sauf à tâter mon torse et mon cou et réaliser que s'y trouvaient des formes inédites, j'étais incapable de me rendre compte de quoi que ce soit. Même ma respiration faible et sifflante me paraissait normale. Le tuyau enfoncé entre mes côtes avait toujours été là. Plusieurs fois, un médecin est venu m'informer de mon état, m'expliquer l'opération à venir, mais il a fallu un certain temps avant que ses paroles ne se détachent du brouillard et se déposent sur la fine membrane de la réalité.

Le jour où on m'a enlevé la sonde urinaire et où je me suis levé pour la première fois, je me suis vu dans le miroir des toilettes. J'ai promené mon regard sur l'anatomie complexe du corset que je devais garder jour et nuit, les deux plastrons comprimant mon thorax via une débauche de velcro, les deux tiges métalliques maintenant l'orthèse maxillaire, elle-même reliée à une structure qui fixait ma nuque et se terminait par une sangle passée autour de mon crâne.

Parmi tous les mots inconnus prononcés par le médecin, le plus important était pneumothorax. Le choc avait enfoncé ma cage thoracique et ouvert une lésion entre la paroi et le poumon qu'il avait fallu regonfler. À cela s'ajoutait une fracture du rachis cervical qui aurait pu se transformer, à quelques centimètres près, en coup du lapin. En résumé, je m'en sortais bien.

Pendant l'opération s'est tout de même produit un incident mineur : certaines manipulations trop proches du larynx ont occasionné la paralysie d'une corde vocale. Il a fallu lui injecter de la graisse pour lui faire retrouver sa mobilité. Le médecin m'avait assuré qu'il n'y aurait pas de séquelles, seulement une légère modification de mon timbre de voix. Je devais éviter de parler pendant une à deux semaines. Ensuite, ma voix serait rauque et cassante pendant une durée variable, puis finirait par se stabiliser.

Maryvonne est venue quelques jours après l'arrêt des antidouleurs. Sa présence dans la chambre n'était amortie par rien. Elle était là, dans un gilet rose pâle, sa silhouette se découpant sur les parois blanches avec une précision glacée. Elle ne s'est pas approchée du lit, a préféré s'asseoir sur un fauteuil repoussé contre le mur. A posé son sac sur l'accoudoir et oublié de le lâcher, figée dans la position d'une femme prête à partir. Sa peau m'a semblé grise. Ses yeux surnageaient à peine au fond des orbites, presque entièrement recouverts par la peau gonflée des paupières. Elle gardait entrouverte une bouche par où passait un filet d'air irrégulier. Ce détail-là était le plus effrayant : son souffle était aussi anarchique que si tout automatisme cardiaque avait disparu et qu'il lui fallait consciemment se rappeler d'inspirer après chaque expiration.

L'opération récente me donnait une excuse pour ne rien dire. J'ai montré ma gorge du doigt, elle m'a regardé sans réagir. Depuis mon lit, je percevais nettement ses effluves troubles, mêlés à l'odeur de bétadine dont sont sûrement imbibés tous les hôpitaux du monde. Rien ne subsistait, dans ce qui se dégageait d'elle, des senteurs de crêpes ou de brownies que je l'avais si souvent vue préparer en chantonnant. Sa raison sociale avait disparu ; elle n'avait plus l'odeur d'une mère.

Elle avait dû se fabriquer ses propres images, traduire en visions le récit des policiers venus toquer à sa porte, traverser la cuirasse de leurs paroles horriblement neutres. Elle avait dû recréer malgré elle la course de la voiture, le cri du moteur sous la pression de l'accélérateur enfoncé trop vite, le mouvement du groupe de comédiennes séparé en son milieu, les unes reculant vers la gauche et les autres vers la droite, l'aspect bizarrement chorégraphique de l'ensemble – chorégraphique et efficace, puisque le point situé quelques secondes avant au centre de la foule était parfaitement vide au moment du passage de la voiture, et tout ce que nous avons vu devant nous se résumait au mur blanc du théâtre. Oui, elle avait dû assembler les éléments du film et probablement se retrouver bloquée dans l'inépuisable répétition de la séquence, visualisant sans fin l'embardée de la voiture au dernier moment, comme déviée par un remords venu trop tard, imaginant sans cesse la tôle s'écraser dans la chair.

Ses yeux gonflés, vides, flottaient à la surface d'un gouffre. Sa respiration irrégulière emplissait la chambre, rampait sur les murs. Un fantôme expirait à travers elle.

Je ne sais pas combien de temps elle est restée. En se levant, elle s'est approchée du lit et a sorti de son sac une petite liasse de feuilles quadrillées pliées en quatre que j'ai identifiées tout de suite. Je les ai prises, et avant de partir elle a trouvé la force de m'adresser ce qui, dans le monde qui était dorénavant le sien, devait correspondre à un sourire.

La municipalité avait décidé de raser une extrémité du bois pour en faire un parc. Depuis l'étang, on pouvait voir une large portion de terre retournée comprenant un talus au sommet duquel se dressait déjà un kiosque en bois blanc. Les troncs coupés aux branches arrachées s'empilaient dans de longues bennes métalliques, remorquées en fin de journée par des camions.

Pendant ma convalescence, je venais presque tous les jours m'asseoir sur le même banc. J'insistais pour sortir seul, descendre prudemment l'escalier extérieur, saluer éventuellement les Giacomazzi à travers la baie vitrée de leur salon, longer les pavillons jusqu'au chemin bitumé qui s'enfonçait dans le bois. Je marchais lentement, refusant la canne que m'avait achetée mon père. Il avait quelque chose de mignon, à se précipiter à chacun de mes mouvements, bras tendus ou canne en main. À table, je devais lui reprendre mon assiette pour l'empêcher de couper ma viande. Un soir, à la fin du repas, il s'était éclairci la gorge pour nous annoncer qu'il arrêtait de fumer. Son regard s'était arrêté sur moi un peu trop longtemps, et j'avais compris qu'il fallait voir là un geste solidaire, une façon de souffrir à mes côtés.

Moi-même, je n'étais pas inquiet. Je bougeais plutôt bien. Au bout de quelques semaines, mes hanches savaient de nouveau pivoter, ma nuque se plier. J'étais évidemment obligé de surveiller ma posture. Un kiné m'obligeait à muscler mes épaules, que je devais garder en arrière pour éviter à mon torse de se creuser. Allongé sur sa table d'examen, le ventre collant au similicuir bleu, je le laissais me placer dans les mains deux haltères d'un kilo chacun. Restait à tendre les bras et battre des ailes, dix, quinze, vingt fois de suite. Je retrouvais la nausée bien particulière causée par l'effort. N'était pas moins familière la nuance de déception dans la voix du kiné quand il m'annonçait avoir connu des patients plus motivés. De fait, ce genre de phrase décuplait ma motivation; plus vite irait ma rééducation, plus vite il disparaîtrait. Le jour où j'ai réussi devant lui trente battements d'ailes d'affilée, j'ai eu l'impression de pouvoir m'envoler par la fenêtre.

Depuis mon banc, je regardais les stries dessinées par les canards se déployer à la surface de l'étang. Les feuilles bruissaient dans le vent et jaunissaient de jour en jour.

Ma mère arrivait un peu après la fin de journée des ouvriers. Avec une obstination ridicule, elle continuait de soutenir qu'elle passait là par hasard. Je posais mon livre et me décalais pour la laisser prendre place à côté de moi, pas trop près au début, comme si la distance qui nous avait toujours séparés devait être matérialisée par ces vingt-cinq centimètres de banc. Puis, feignant de ne pas s'en rendre compte, elle s'était rapprochée, prudemment, comme d'un chevreuil ou d'un renard immobile qu'on aperçoit au détour d'un sentier, jusqu'à se trouver suffisamment près, un jour, pour oser poser sa main sur la mienne. Pour la première fois, j'ai remarqué la ressemblance de nos doigts, longs et fins, creusés à mi-phalange à la façon du bambou. Je n'ai pas retiré ma main. Elle n'a rien dit, moi non plus. Pour finir, elle est repartie en me tapotant l'épaule, encore plus gênée que moi.

Une ou deux fois par semaine, j'entendais s'approcher le pas d'Annabelle. Au début, son arrivée était indissociable d'une montée d'angoisse qui me donnait l'impression d'entendre bourdonner une nuée d'insectes imaginaires. Elle me souriait de loin, je nous voyais dans l'étang. Elle me faisait un signe de la main, je la voyais devant le capot de la Fiesta. Il me fallait un certain temps pour réussir à l'écouter, elle qui parlait avec une animation exagérée, comme si la meilleure façon de pousser les mauvais souvenirs dans l'oubli était de surjouer l'insouciance.

Le fait est qu'elle avait certains motifs de joie auxquels s'accrocher. Le théâtre ayant fini par l'absorber tout entière, elle venait d'être reçue au concours d'entrée d'une école prestigieuse. Fini le cheval, seule comptait dorénavant la connaissance des textes. Debout devant moi, elle révisait Musset, Shakespeare, Racine. Je dois dire qu'il me suffisait d'une tirade, à moi aussi, pour me faire perdre de vue tout le reste. Je me laissais hypnotiser par les modulations de sa voix, par sa façon d'accélérer le rythme ou de ralentir, de tirer son timbre vers les graves ou de le réduire à un mince filet enroué. Je lui posais beaucoup trop de questions à propos de ses choix d'interprétation, des indications du texte, de celles de ses professeurs – à tel point qu'elle finissait, agacée, par m'obliger à me lever et à déclamer avec elle, ce qui restait encore la meilleure méthode pour sentir les inflexions réclamées par telle ou telle réplique. Les premières fois, j'ai eu le réflexe d'appliquer la méthode Impoco, la main sur la hanche, le coude à angle droit. Puis j'ai senti que je n'avais plus besoin de m'infliger d'électrochocs pour franchir les consonnes : quand je trouvais la bonne intention, mon bégaiement disparaissait. Il fallait que j'y croie complètement, que j'oublie mon identité et, pendant quelques secondes, le miracle se produisait : je devenais le personnage. Je sentais son transport amoureux, son inquiétude ou sa colère, et les mots se mettaient à rouler sur ma langue avec une fluidité magique. J'en aurais pleuré. L'opération avait effectivement modifié ma voix, dont le timbre était dorénavant plus aigu, plus aiguisé, fait pour traverser le silence.

Annabelle me souriait et je devais me répéter qu'il n'y aurait pas de mariage à Louveciennes. Ce rêve-là appartenait à une réalité déjà engloutie. Des filaments électriques continuaient de chatouiller mes jambes lorsqu'elle me touchait l'épaule ou posait la main sur mon ventre pour contrôler ma respiration, mais je n'en avais plus peur. J'arrivais même à lui renvoyer son sourire, m'asseyant et croisant les jambes quand je durcissais de manière trop évidente. Je nous voyais alors d'au-dessus, comme depuis l'œil d'un oiseau ; les gestes vifs d'Annabelle et ma posture que certains auraient jugée féminine, ma timidité toujours visible mais augmentée, je le sentais bien, d'une sorte d'affirmation. Je n'imitais plus personne.

Non, pas de mariage. Seulement des exercices de diction, des textes énoncés avec une fluidité délicieuse et le jeu des mots.

— Médiane.
— Une j-j-jungle au milieu de la mer.
— Catimini.
— Un p-placard p-plein de bocaux.
— Roublardise.
— Une recette de cuisine.

Paix : un banc installé devant un étang, au milieu des couleurs de l'automne.

Jour après jour, je regardais changer la physionomie du bois. Le décor que j'avais toujours connu disparaissait sous mes yeux, remplacé par un autre dont je ne pouvais pas encore deviner les contours. Seul se dressait le kiosque en bois blanc, installé là où s'était un jour trouvée une petite clairière. Quelque chose était en train de finir.

Personne ne parlait de Fabian. Un consensus implicite, visiblement, interdisait à mon entourage d'évoquer son nom. À l'extrême limite, mes parents osaient mentionner *l'accident* – et encore, du bout des lèvres et sans s'attarder. Son souvenir se tenait dans mon silence, gagnant en densité quand je n'arrivais pas à dormir. Je me repassais parfois des séquences vécues avec lui, je regardais son visage perdre des morceaux, j'écoutais sa voix que ma mémoire commençait déjà à déformer. Sans la ressortir, je gardais dans un tiroir la liasse de feuilles quadrillées où se déclinaient au stylo bille des dizaines de silhouettes de femmes suppliciées. À l'intérieur des crayonnés bleus se cachait la synthèse de ce qui nous avait un jour tenu lieu d'imaginaire. Ces croquis, je ne les jetterais pas, je ne les brûlerais pas. Je les conserverais près de moi comme la preuve accablante d'aoir été celui qui les avait inspirés.

Je finissais par m'endormir en promettant à Fabian de ne jamais lui ressembler.

REMERCIEMENTS

Je voudrais remercier mes amis, mes soutiens, mes relecteurs (Emily Chudeau, Yannick Hachet, Mathilde Guillemot) et adresser un merci tout particulier à Guillaume Sørensen.

DU MÊME AUTEUR

LA DISSONANTE, Gallimard, 2019.

DANS LA MÊME COLLECTION

LE DISCOURS, Fabrice Caro, 2018.
LE JOUR OÙ LA DURANCE, Marion Muller-Colard, 2018.
APRÈS CONSTANTINOPLE, Sophie Van der Linden, 2019.
LA DISSONANTE, Clément Rossi, 2019.
WANTED LOUISE, Marion Muller-Colard, 2020.
BROADWAY, Fabrice Caro, 2020.
FIN DE SAISON, Thomas Vinau, 2020.
MIKE, Emmanuel Guibert, 2021.
VIEUX CRIMINELS, Nicolas de Crécy, 2021.
LA VIE D'ANDRÉS MORA, Claudine Desmarteau, 2021.
MARCELLO & CO, Thomas Vinau, 2022.
SAMOURAÏ, Fabrice Caro, 2022.
LUDWIG DANS LE LIVING, Théo Bourgeron, 2022.
JOURNAL D'UN SCÉNARIO, Fabrice Caro, 2023.

Éditorial : Géraldine Blanc
Direction artistique : Anne Lagarrigue
Graphisme : Pascal Guédin

Ouvrage composé en Mencken (Typofonderie)
et Replica (Lineto)
par IGS- CP à L'Isle- d'Espagnac.
Achevé d'imprimer sur Roto- Page
par l'Imprimerie Floch à Mayenne,
en octobre 2023.
Dépôt légal : octobre 2023.
Numéro d'imprimeur : 103482

ISBN : 978-2-07-303231-7 / Imprimé en France

611793